翔け

菊池幸見

祥伝社文庫

目次

長めのプロローグ

モンゴルの首都ウランバートル。

果てしなく青が広がる澄《す》み切った空には、雲ひとつ浮かんでいない。まさに青一色の世界である。時折草原を軽やかに走り抜ける風が、乾いた草の匂いを突きつけるように鼻先に運んでくる……と言いたいところだったが、実際はそうでもない。

その昔『モンゴリアンブルー』と称された濃い蒼《あお》色の空は、年月と共に色が少し褪《さ》めてきているし、手を広げて思いっ切り深呼吸をすると、自動車の排気ガス交《ま》じりの空気が鼻の奥に飛び込んでくる。

かつて空と大地と、その間を駆け抜ける風しかないと形容されたこの国にも、確実に時代の波は押し寄せているのだ。

もっともそれはあくまで首都ウランバートルでの話である。

モンゴルの総面積は約一五六万四一〇〇平方キロメートルと、実に日本の四倍強もある。それなのに人口は、たったの二八〇万人しかいない。国としての人口密度は世界一低いのだ。その二八〇万人の国民の半数近くが、首都ウランバートルという一都市に集中している。ウランバートルの人口は一応約一一五万人ということになってはいるが、実際はすでに一二〇万人を超えているとさえ囁《ささや》かれている。そしてその数は年々増え続けている。地方で食いっぱぐれた遊牧民らが仕事を求めてやってきては、勝手に街の周辺部にゲル（遊牧民のテント）をおっ建てて住み着いてしまっているのだ。恐るべき一極集中であり、またそこに激しい貧富の差を垣間《かいま》見ることになる。

街には近代的なビルが林立し、トロリーバスが溢《あふ》れんばかりの人を乗せ、その間を忙《せわ》しなく縫《ぬ》って行く。朝夕のラッシュアワー時の喧騒《けんそう》は日本の都市のそれと変わりはない。しかしあえて違いを探せば、渋滞の質である。モンゴル人は決して道を譲らない。もともと譲り合いの精神が基本的に欠けているようにさえ見える。したがって、たとえば脇道から本線に入るなどという行為は、まさに命懸けである。日本のように一台入れてやってから自分が行って、などという紳士的マナーはこれっぽっちも見られない。誰も入れてくれないから覚悟を決め、丹田《たんでん》に力を入れつつ、こめかみに青筋を立てながら突っ込むしかないのだ。まさに特攻精神である。ドライバーはといえば男女を問わず、まるで土俵上の仕切《しき》りのごとく激しく睨《にら》み合い、クラクションを絶えず鳴らしまくる。接触事故などは日常茶飯事《はんじ》なのだ。

また同様に歩行者も命懸けである。ただでさえ横断歩道は極端に少なく、あったとしてもそこで車が停まってくれることは九九・九九パーセントない。そのため現地の人々は渡りたいと思った場所に立つと、ためらう間もなく身投げのごとく道に飛び出す。それなりにドライバーはブレーキを踏んで減速する素振りさえ見せない。華麗なハンドル捌《さば》きで避けていくだけだ。日本人には到底理解できない感覚であり、運転マナーの悪さはアジアで一番と言われるゆえんであろう。

交通事情ひとつとってもこの調子だから、深読みすればこのあたりにも日本で活躍するモンゴル人力士の強さの秘密が隠されているのでは、と思わざるを得ない。

とはいえ先進国の人々が憧《あこが》れるモンゴルの大自然が、もはやこの地から消えてしまったかというとそうではない。この大都市から車でほんの一時間も走れば、まだまだ昔ながらの良きモンゴルが残っているのだ。

一九九二年二月に施行された「モンゴル国憲法」によって、この国は民主国家「モンゴル国」として生まれ変わった。東欧の社会主義の崩壊にともない、資本主義政策に転換したのだ。世界で二番目に古かった社会主義国家からの大変革である。

これにより、今までロシア・中国寄りだった外交姿勢を改め、今では対アジア・対西側外交にも重点を置いている。中でも日本との関係は近年密になっている。日本人がモンゴルとの関係で即座に思い浮かべるのは大相撲におけるモンゴル人力士の活躍であろうが、それはほんの表面的なことで、この国における発電事業や道路・鉄道などのインフラ整備も、実は日本からの多大な経済援助の賜物《たまもの》なのだ。地方の舗装道路の脇に立てられている看板には「この道路は日本国の援助で建設されています」と、御丁寧に日本語で書かれている。誰に向けて立てているのやら、地元の人は日本語など読めないというのに。つい先日も日本政府のお偉いさんがやってきて、なにやらアレコレと調子の良いことを言い、多大な援助の約束をしていったばかりであった。

さて、ウランバートル南西部の広大な草原にあるチンギスハン国際空港。

まるで騎馬隊が一列になって到着を迎えてくれそうな威厳のある響きではあるが、はっきり言って名前負けである。国際空港とは名ばかりで、実物は日本の地方都市空港程度の規模しかない。いやこれよりも立派な地方空港は、日本国内にいくつもある。しかし、しかしだ。その懐《ふところ》と度量は比べ物にならないくらい広く大きい。

モンゴルは建国八〇〇年の年を機に、世界中の観光客を受け入れるべく、門戸をこれ以上ないくらいに大きくビローンと広げたのだ。特に気前良くお金を使ってくれる日本人観光客は、大の字をいくつも連ねたくなるほどの歓迎ぶりで、いわゆる面倒くさいビザなどチャラチャラの免除にしたのである。つまりは金さえあれば、誰でもいらっしゃ〜いの状態なのであった。それがたとえ胡散《うさん》くさい人物や前科者であってもだ。これも外貨獲得の国策なのである。

そのチンギスハン国際空港に、成田発のモンゴル航空（通称ミアット）OM五〇二便が、まるで相撲の四股《しこ》踏みのようにドスンと到着したのは、定刻通りの午後六時四〇分。五時間一〇分のフライト時間だった。かつては北京経由で二日がかりで行かねばならなかった国だが、今は直行便で楽々と行ける。

ほとんどスルーパスの簡単な入国審査を受け、吐き出されるように荷物受け取り所にゾロゾロと姿を見せた日本人観光客の群れの中に、挙動不審ととられても仕方のないような、どことなく怪しげな三人組の男の姿があった。

一人はゆったりとした白の長袖綿シャツにジーンズをはき、長身で案山子《かかし》のようにスリムな男である。まだ三十歳そこそこの顔立ちだが髪の毛は薄く、前髪が汗で額にJの字に張り付いている。もう一人は派手な黄色いアロハシャツを着て、リーゼントの髪型をした小柄な若者だ。若者は亀のように首を左右に伸ばしながら、ざわつく周囲を窺《うかが》っている。

その二人を従えるように早足で歩いてきた男は、オールバックの髪型にレイバンのサングラスを掛けている。細面《ほそおもて》の整った顔立ちと均整の取れた肉体はジャニーズ系と言っても過言ではない。その証拠に、通りかかった日本の女子大生と思しきグループの面々が、チラチラと男の横顔に悩ましげな視線を送っている。男は人混みの中で立ち止まると、サングラス越しに辺《あた》りを一瞥《いちべつ》した。真っ赤なポロシャツに白のコットンパンツといういでたちは、そのままゴルフ場にでも直行しそうな恰好《かっこう》である。しかし、その男の発する鋭いオーラのようなものを、敏感な人なら即座に感じ取れたことであろう。

「裕ちゃん、はぐれちゃダメよぉ」

長身でスリムな男が、薄くなった頭のてっぺんからオカマ口調の声を発した。相変わらず声が甲高《かんだか》い。男は通称トミーこと、中村富夫《なかむらとみお》であった。これでも岩手県盛岡《もりおか》市にある老舗《しにせ》スイミングクラブの、善良で敏腕《びんわん》なる専務取締役である。従って他人の前ではまともな口調なのだが、親しい者が相手だと、生来のオカマ口調になってしまう。さらに興奮すればするほどオネエ言葉になる性質だった。

「こんな狭ぇところで、はぐれてられるかよ」

真ん中に仁王立ちした男は、芝居がかった口調で応じた。男の名は黒沢裕次郎《くろさわゆうじろう》。一七六センチで七二キロの引き締まった肉体はだてじゃない。短期間で破られたとはいえ、一時は水泳一〇〇メートル自由形の日本記録保持者であった男だ（『泳げ、唐獅子牡丹』）。大リーグで活躍するイチロー選手とまったく同じサイズというのが密《ひそ》かな自慢でもある。三十代になった今も、体脂肪は六パーセントをキープしている。

「いねぇなぁ………人違いだったか」

「えっ、何がっすか？」

「何が、って、お前も気付いてるもんだと思ってたぜ」

「へっ、なんのことっすか？」

とぼけた口調で返事をしたのは、裕次郎の秘書兼運転手兼気分転換の相手役兼タマヨケの八重樫《やえがし》ヒロシである。

肩書きはイロイロとあるが、一言で言えば裕次郎の子分。そう、つまり二人はヤクザの親分子分の間柄《あいだがら》だったのである。

とはいえヤクザへの風当たりがキツくなっている昨今、御多分《ごたぶん》にもれず裕次郎らも表向きは会社組織をとっていた。社名は不来方《こずかた》レジャー産業株式会社。主な業務内容は風俗店、飲食店の経営と、ゲーム機械のリース。世間の目をくらますため、社員の九割はカタギの人間を採用している。それでもしっかりと裏社会での呼び名はあった。『黒沢組直系不来方組初代組長』というのが裕次郎の肩書きだった。上部組織に当たる黒沢組の総長は妻の祖父、黒沢市太郎《いちたろう》である。

ひょんなことから黒沢家に婿《むこ》入りした裕次郎は、またひょんなことから独立して三年。その三年の間にもひょんなことが立て続けに起こったりしたのだが、それを語っているとすんなり先に進めなくなる。一応ここで付け加えておくのは、件《くだん》のヒロシが世間的には社長秘書の名刺を持っているということと、トミーこと中村の方は裕次郎の幼馴染《おさなな じ》みで親友ではあるが、まったくのカタギの人間であるということである。

「ビジネスクラスの客の中に、見覚えのある奴が乗ってたんだ。盛岡の水泳大会で懲《こ》らしめてやった関西ヤクザ」

「あぁ、熊坂《くまさか》組の今岡《いまおか》っすね」

「そいつだ。その今岡が乗ってたんだ」

「まさかぁ。見間違いっすよ」

「いや、そんなはずはねぇ」

裕次郎は男の姿を思い出していた。エコノミークラスの前から四列目に座った裕次郎は、最前列のビジネスクラスに一番最後に乗り込んできた男の姿に見覚えがあった。グレーの縞《しま》が入ったブレザー姿。右手にはギラギラと輝く金のブレスレット。左手には、これまた金のロレックス。サングラスを掛けた色白の横顔しか見えなかったが、裕次郎は直感的にその男が今岡だと思った。どうにか飛行中に確かめようと思っていたのだが、無情にもビジネスクラスとエコノミークラスの間は、飛び立つなり厚手のカーテンで仕切られてしまったのだ。おまけに到着後はビジネスクラスから優先的に降ろされる。それで慌てて追いかけたわけだが、すでにロビーに今岡らしき男の姿は無かった。

「奴に違いねぇと思ったんだがな」

「他人の空似っすよ」

「うーむ」

裕次郎の心に暗雲の切れっ端が漂《ただよ》いだした。今岡は関西の武闘派集団熊坂組の最年少幹部であった。かつて北東北制覇の先兵として送り込まれた際に、その企てを完膚《かんぷ》無きまでに叩き潰したのが裕次郎らである。その後の今岡の消息は耳に入っていない。だが、小賢《こざか》しい経済ヤクザとして名の通った男である。その今岡がモンゴルに姿を現したということは、この地にヤクザの資金源になるビジネスが転がっているということになる。

「気になるっすか」

「ああ。しかし楽しい旅の始まりに、ケチがついちゃいけねぇ。とりあえずここはお前の言うように、他人の空似ってことにしておこう。よしヒロシ、だったらさっさとスーツケースを持って来い」

「へい」

威勢《いせい》よく返事をして、ヒロシは人混みの中に頭から鋭く突っ込んで行った。荷物が吐き出されてくるベルトコンベアの辺りは、日本人観光客の熱気が溢れている。

ヒロシが裕次郎の黒いスーツケースを見つけ、ベルトコンベアからカートに移している間に、中村は出迎えに来ている観光業者の列の中から自分たちの担当者を探し出そうとしていた。それぞれ英語や日本語が書かれたダンボールやスケッチブックの類を高々と掲げている。その中に自分の名前を見つけ出した中村は、混みあう人の波をかき分けながら早足で近付いていった。『歓迎・中村様』と漢字で書かれたホワイトボードを掲げていたのは、銀縁のメガネを掛けた小柄な男だった。几帳面《きちょうめん》に髪の毛を七・三にきっちり分けている。それなのに黒い薄手のブルゾンにジーンズといった姿は、休日に競馬場でよく見かけるサラリーマンの風情《ふぜい》を漂わせていた。年齢はといえば三十五歳にも見えるし、五十歳と言われれば、そうかと思ってしまうほどの曖昧《あいまい》さだ。海外居住者特有の年齢不詳ぶりと言ってもいい。一八〇センチ以上ある中村が前に立つと、身長はせいぜい胸の高さまでしかなかった。

「すみません、僕が盛岡の中村です」

中村が長身を折り曲げるようにして声を掛けると、男はニコリと笑って頭を下げた。

「モンゴル・ウォーカー社の武藤《むとう》です。ようこそウランバートルへ」

右手を差し出され、中村は慌ててそれに応じた。

「お世話になります」

「楽しい旅にしましょう。外に車を待たせていますので、荷物が揃《そろ》ったら行きましょう」

中村が頷《うなず》き振り返ると、ちょうどヒロシがカートにスーツケースを三個載せてやってくるところだった。傍《かたわ》らには裕次郎もいる。中村は案山子《かかし》のようなポーズで手招いた。

「裕ちゃん、ヒロシ君。今回の旅で我々がお世話になるコーディネーターの武藤さん」

「おーっ、これはこれは」

裕次郎はズンと一歩前に出た。

「お初にお目にかかりやす。私が黒沢でございやす。こいつは秘書のヒロシと申しまして、ふつつか者ですが、ひとつよろしくお願いいたしやす」

さすがに仁義は切らずにペコリと頭を下げた裕次郎は、すかさず武藤の右手を政治家のように両手で握った。ヒロシは斜め後ろで深くお辞儀をしている。

「アメリカの文学者ソローはこう言いやした。遠方に友を持つと、世の中が広く感ぜられる。友は緯度となり経度となる、と。いや、妻の受け売りですがね。視野を広げるためにも、あなたは外国に友人を作りなさい、なんて言われやして。どうぞ親しくお付き合いのほど、よろしくお願いいたしやす」

呆気《あっけ》に取られたような武藤の表情を見て、中村は慌てて口を挟んだ。

「格言マニアなんですよ。ついポロリと出ちゃうみたいで、気にしなくていいですから」

「あっ、そ、そうですか。いえ、こちらこそよろしくお願いします」

機先を制された形になった武藤は、慌てて愛想笑いを浮かべた。どうも普通の観光客とは一風違うなという感触があるのだろう。かすかに戸惑いの表情を浮かべつつも、ビジネスライクに振る舞いながら三人を外に連れ出した。

人込みから離れ空港の外に一歩出た瞬間、モンゴルの広々とした青空が彼らを迎え、まだジリジリとした陽射しが歓迎の言葉よろしく降り注いだ。

「うわーっ、暑いなぁー。八月末のモンゴルはすでに寒いって聞いて、慌てて荷物の中に厚手のブルゾンを入れてきたってのによぉー」

サングラスを掛けたまま顔をしかめた裕次郎のボヤキに、武藤が笑顔で応じた。

「それは正解です。たしかに日中は今日みたいに二〇度を超える日もありますけど、朝晩は冷えますからねぇ。特に皆さんが行くヘンティー県の辺りですと、そろそろ朝晩は氷点下になりますから」

「氷点下！　うわっ、寒暖の差が激しすぎるぜ」

「そうです。体調管理には十分気を付けてくださいよ」

「わかりやした。ヒロシ、お前もわかったな」

「へい」

返事と同時にヒロシの腹がググーッと鳴り出した。

「なんだ、腹がへったのか。ん、そういや、俺もそうだな。どれ」

裕次郎は腕時計を覗き込んだ。

「今は午後七時二〇分か。あっ、これ日本時間だ。だとしたらモンゴルは」

「ちょっと、裕ちゃん。飛行機の中で言ったでしょ。まったく聞いてないんだから。いい、この時期のモンゴルは時差が無いの。つまり日本と同じ」

「あーん。そんなわけねぇだろう。だってこんなに明るいんだぜ。まだ昼間みてぇじゃねぇか」

　笑いながら武藤が口を挟む。

「そうです。モンゴルは暗くなるのが遅いんです。たしかに時差はありませんが、この時期ですとだいたい午後九時を過ぎないと暗くなりません。でも逆に朝は明るくなるのが遅いんです。午前七時だと、まだ真っ暗。八時頃になって、やっと明るくなりますよ」

「へぇー、いいんだか悪いんだかよくわからねぇけど、スゲェな」

「ホテルにチェックインしたらすぐ食事に御案内しますので、もうしばらく我慢してください。この先、モンゴル料理は飽きるほど出てくると思いますので、今夜はインド料理にしましたから」

武藤に促《うなが》されて、三人は正面の舗装道路を渡り駐車場に向かった。空港の外に止まっている車両はほとんどが4WDのワゴン車か黄色や白のタクシーで、大型といえる観光バスは一台しかなかった。これもモンゴル観光独特で、モンゴル旅行では大人数のツアーは少ない。またウランバートルを一歩出ると、舗装されていない道が多くなる。さらに乗馬やトレッキングを楽しもうとなると、目的地まで草原の道を行くしかない。したがって機動性が高く悪路に強い4WDのワゴン車やジープタイプの車が観光用車両の主力となるのだ。黄色や白のタクシーは、あくまでウランバートルの市内用である。

ヒロシがでこぼこの激しい舗装路を四苦八苦しながらカートを押していくと、突然目の前に黒く大きな影が現れ、行く手を遮《さえぎ》った。

「うわっ、鉄砲玉！」

もつれそうな舌で叫びながらヒロシは後ろに飛び退《の》き、習慣で懐に手をやろうとした。だが、着ているのはピラピラのアロハシャツである。ましてやいつも身に着けているロシア製のトカレフは、当然盛岡の自宅アパートの屋根裏に油紙で厳重に包んで置いてきてある。中腰のまま焦《あせ》るヒロシに向かって、影の主はペコリと頭を下げ、そのままヒロシに代わって軽々とカートを押しだした。身長は裕次郎より少し大きいくらいだが、横幅は実に三倍もありそうな、迷彩服に身を包んだガッシリとした体格の男だった。

「ご紹介します。当社の専属ドライバーのダワァンです」

武藤が紹介すると、ダワァンは振り返って人懐《ひとなつ》こそうな笑顔を浮かべた。

「おっ、すげぇいい体格しているな。モンゴル相撲の力士くずれかなんかか。うん、誰かに似ているぞ。おっ、そうだ、貴乃花《たかのはな》だ。おい、現役時代の貴乃花親方にそっくりじゃねぇか」

「あっ、似てる。たしかにソックリ」

中村が頷くと、ダワァンは相撲取りのような体で腕組みし、怪訝《けげん》そうに太い首を傾げた。どうやら日本語はわからないらしい。そんなダワァンに向かって裕次郎は近付き、気さくに握手を求めた。

「ヨロシク」

「コンニチハ」

片言の日本語で挨拶《あいさつ》を返してきたダワァンの手を握ったまま、裕次郎はおかしな抑揚《よくよう》をつけながら言った。

「プリーズ、リピート、アフター、ミー。ゴッツァンデス、オーケー？」

「イエース、ゴ……ゴッァン……デス」

「オー、モーチョイ……ゴッ・ツァン・デス」

「ゴッ・ツァン・デス」

「オー、グーッド、グーッド」

裕次郎は握った手を激しく上下に振った。それに応えるようにダワァンは何度も『ゴッツァンデス』を繰り返している。

「すげぇ、社長、モンゴル語話せるんすか」

ヒロシが羨望《せんぼう》の眼差《まなざ》しで見つめている。

「バカ、今のは英語だ」

「あっ、英語っすか。なるほど、社長、いつもフィリピンパブに英語習いに行ってますもんね」

「おうよ、高い授業料払ってるからな」

「それなのにお気に入りのロサーナちゃんはいつの間にか帰国しちゃうし」

「バカヤロウ、思い出させるな」

ヒロシの額をいつも通りに張り倒すと、裕次郎は大股で先を急いだ。すぐその後にダワァンが『ゴッツァンデス』と小声で呟きながら続く。

「すみませんねぇ、いつもこんな調子なんで、気にしないでくださいね。彼ら本当は兄弟みたいに仲が良いんです」

慌てて付け加える中村に対して、武藤は相変わらず微笑《ほほえ》みを浮かべながら答えた。

「大丈夫です。いろんなお客様がいますし、私たちは仕事柄慣れていますから。さぁ、急ぎましょう」

武藤に促されて、中村も大股になった。

ヒロシに代わってダワァンがカートを押していった先には、日本製の深緑色の4WDワゴン車が止まっていた。型は古そうだがよく手入れがされているようで、ボディーは陽射しを浴びてピカピカに輝いていた。大きなリアガラスには『ツーリスト』と白抜きの英語で書かれた赤いシールが貼られている。近付くと車の陰から怒っているような声が聞こえ、いきなりショートカットの女が猫のように飛び出してきた。身長は一五〇センチあるかないかの小柄な女で、顔立ちは日本人のようであり、またモンゴル人のようでもある。ピンクの前開きヨットパーカーにジーンズをはいていた。女は携帯電話を耳に当て、誰かと話している最中だった。

「アノン」

武藤が小柄な女に声を掛けると、アノンと呼ばれた女は慌てて電話から耳を離し、裕次郎らの前に進み出た。

「ご紹介します。我が社の通訳のアノン。モンゴル人です」

「こんにちは、アノンです。よろしくお願いします」

アノンは携帯電話を閉じると、大きな瞳をクルクルと動かし、可愛《かわい》らしく首を傾げるようなポーズでお辞儀をした。目鼻立ちの整った、ちょっとボーイッシュな魅力を漂わせている女だった。

「日本語うまいねぇ。ナイス、ナイス。あっ、俺、黒沢裕次郎。よろしく」

相手の返事も待たずに、裕次郎は素早くアノンの小さな手を握った。もともとスキンシップは大好きな性質なのだ。

「日本に留学でもしてたのかい。流暢《りゅうちょう》に話すねぇ」

「ありがとうございます。日本語はモンゴル大学で学びました。日本にはまだ行ったことがありません」

「えーっ、そうかい。なんだ、だったら盛岡に来ればいい、大学もいっぱいあるし。面倒みちゃうよ、うん。それで今いくつ」

「えっ、二十五です。あ、あの」

いつまでも手を握ったまま離さない裕次郎の対応にアノンは困り、まるで少女のように頬を赤らめている。

「ちょっと、裕ちゃん、いつまで握ってるの、まったく。あっ、僕は中村です。よろしくお願いします」

「ヒ、ヒ、ヒロシです」

三人の顔を猫のような瞳で順番に見つめながら、アノンは大きな声で笑いだした。

「あれ、僕たちの顔に何か変なものでもついてます？」

戸惑う中村の様子に、アノンは一際大きな笑い声を上げた。

「すみません、違うんです。今回のお客様はチンギス・ハーンのことを調べていて、遺跡にも行くって聞いていたので、難しい人たちなんだろうなと思っていたから」

笑いながらそこまで一息に喋《しゃべ》ると、アノンは肩を上下させて呼吸を整えた。

「いや、調べているって言っても、あくまで趣味の範囲ですよ。別に大学とかで研究しているわけじゃありませんし、基本的に観光旅行ですから。それに彼らの方はイトウ釣りしか興味はないですから、気楽に案内してください」

振り返った中村に、裕次郎とヒロシは穏《おだ》やかな笑みを浮かべたまま頷いた。

「そうですか。それなら少し気が楽になりました。実は社会主義の時代、チンギスは国の方針でタブー視されていました。ですから、私より上の年代の人たちは、あまりチンギスに詳しくないのです。小学校で学ぶようになったのも、十数年前からのことなんです」

「へー、そうなんだ。知らなかった。てっきり国民が崇《あが》めている英雄だとばかり思っていたのに」

本心から驚いたふうの中村に、アノンは悪戯《いたずら》っぽく微笑んだ。

「もちろん今は皆、チンギスのことは知っています。モンゴルを代表する英雄です。だから空港の名前も変わったのです」

アノンが指差した先を中村らは振り返って見た。角張った空港施設の天辺《てっぺん》に『CHINGGISKHAAN』と横文字で記されている。太陽を受けて輝くさまは、まるで王冠に付けられた飾りのようにも見える。たしかに古いガイドブックには、この空港の名称が『ボヤントオハー国際空港』と記されている。

眩しさに目を細め視線を落とすと、そこに貴乃花親方、いやドライバーのダワァンの素《そ》朴《ぼく》な笑顔があった。話をしている間に荷物を積み終えたらしく、右手で所在なげにリアの辺りをチェックしていた。

「さぁ、それでは行きましょう」

武藤の威勢のよい一声で、三人がワゴン車に乗り込もうとした、その時だ。

駐車場の片隅で何やら甲高い声が上がった。日本語ではないので、当然裕次郎らに意味はわからない。ただ猛々《たけだけ》しい声や、慌てたような声が入り交じっていた。こうなると首を突っ込みたくなるのが裕次郎の習性である。乗り込もうとした片足を下ろし、車の前に出ようとする。

「ちょっと、裕ちゃん、止《や》めなよ」

「大丈夫だ、ちょっと様子を見るだけだからよ」

中村の制止も聞かずに行こうとする裕次郎の手を車の前から戻ってきたアノンが握り、思いがけず強い力で引っ張った。

「痛ててて っ」

「関わり合いになってはいけません。あれは悪人です。ロシア語で怒鳴っています。話していることから推測すると、ロシアのマフィアにでも雇われたモンゴル人でしょう。最近ああいうモンゴル人が増えています。どうかここでは私の言うことを聞いてください」

真剣な眼差しで見つめるアノンに裕次郎は絶句し、戸惑いながらも頷いた。その様子に安堵《あんど》したのか、アノンは強く握っていた手を放した。

「わかったよ。それにしてもロシアのマフィアに雇われたとは聞き捨てならねぇな。だってここ、モンゴルだろう」

アノンは頷き、ため息をひとつつくと諭《さと》すように話しだした。

「地図を見ればわかりますが、モンゴルはロシアと中国に挟まれているんです。だから歴史的にも、その二つの国の影響を受けてきた国なのです。国の体制が変わった今も、その影響は変わりません。犯罪もそう。ここウランバートルの闇社会には、ロシア系マフィアと中国系マフィアが存在します。さらに最近は韓国系マフィアも入り込んでいます」

「うへーっ、多国籍って言うかカオスって言うか、なんだか新宿みてぇだな。どこのヤクザも縄張り争いに必死か。ふん、わかった、おとなしくしてますよ」

茶化すような口調で、裕次郎は頭をかきながら車の奥に乗り込んだ。その後に中村とヒロシ、そして武藤が続いた。武藤の顔からは営業用スマイルは消えていて、その表情はいくぶん強張《こわば》ってさえ見えた。助手席にはアノンが跳ねるようにして乗り込む。

皆が乗り込んだのを確認して、ダワァンがスライド式の後部ドアを威勢よく閉めた。ダワァンは素早く運転席に回って飛び乗りエンジンをかけると、さも落ち着き払った様子で、ゆっくりと車を動かした。すぐに車の周りにガラの悪そうな若い男が二人走り寄ってきた。顔立ちは日本人とあまり変わらない。強《し》いて違いを言えば、やや色が浅黒い程度だろうか。だとすればロシアのマフィアに使われているモンゴル人なのだろう。二人の男は鋭い眼差しで車内を覗き込み、何やら言い交《か》わしながら過ぎていくと、今度は隣に止めてあるジープの中を覗き込んでいる。誰かを探しているようだ。

　車内に会話は無い。皆黙って嵐が通り過ぎるのを待っているかのようだった。

　三列シートの三列目右側に座っていた裕次郎は振り返り、ゆっくりと遠ざかっていく駐車場を眺めた。駐車場の真ん中にはサングラスを掛けた黒尽くめの大柄な男がいて、なにやら叫びながら指示を出している。その指示にしたがって、駐車場を走り回っている男らが五人。そのうちの一人が、泣き喚《わめ》く若い女を引っ張ってきた。だが人違いだったらしく女は解放され、連れてきた男は大柄な男に張り倒され駐車場に転がった。

　こうなると裕次郎は当然気になって仕方がないわけで、真っ先に沈黙を破りたくなる。

「なぁ、アノンちゃんよ。さっき奴らは何て叫んでいたんだい。これくらい離れたんだから、教えてくれてもいいだろうよ、なぁ。ロシア語もわかるんだろう」

　裕次郎の一言で、一瞬にして車内の緊張感が緩《ゆる》んだ。皆、止めていた息を吐き出すかのようにして一斉に動きだした。

「ええ。彼らは、いない、逃げた、探せと叫んでいたんです。ボスに顔向けできない、と」

「ほぉ……いない、逃げた、探せってか。どう見ても悪そうな奴らだったから、逃げた方は悪くない奴、あるいはかわいそうな奴ってところか。なぁ、ヒロシ」

「へ、へい」

なぜか隣に座るヒロシだけはまだ緊張感を身にまとったまま、じっと前を見つめていた。

「なに変なこと言ってるの、裕ちゃん」

二列目のシートに武藤と並んで座っている中村が、キリンのような長い首を伸ばすようにして振り返った。目と目が合うと、裕次郎は悪戯っ子のような表情で笑っていた。中村の背筋を一瞬寒気が走った。こんな笑いを浮かべた時の裕次郎は、きっとろくでもないことを考えているに違いないことを、長年の付き合いで知っていたからだ。

「おい、もういいぞ、って言っても言葉が通じねぇのか。ヘイ、ユー、オーケー。ノー、プロブレム」

裕次郎が自分の股間《こかん》に向かって言っているように見えた中村は、とりあえず悪い予感は頭の隅に置いといて、首を傾げながら確認した。

「大丈夫なの、裕ちゃん。変なもの食べてないよね」

「バカ、なに言ってんだい。ヘイ、カモン」

その言葉に反応したかのように、中村が腰掛けているシートの背もたれの部分が急に盛り上がりだした。まるで中に生き物がいるかのように、上へ上へとゆっくり移動していく。

「な、なに」

腰を浮かして戸惑う中村の目の前数十センチの所に、突如異国情緒《じょうちょ》漂うエキゾチックな美女が、まるでラスベガスのマジックのようにヌーッと顔を出した。微《かす》かな芳香《ほうこう》が中村の鼻をくすぐる。胸まである長い黒髪。彫りが深くて整った目鼻立ち。肌の色は白く、肉厚の唇は真っ赤な口紅で彩《いろど》られている。

「うわっ！」

思わず驚きの声を発した中村に、運転していたダワァンは何事かとルームミラーで眺めながら、車をゆっくりと車道の右側に寄せて停めた。

「座席と背もたれの隙間《すきま》に隠れていやがったんだよ、このベッピンさん。ドアを開けっ放しにしてたところに潜《もぐ》り込んだんだろう」

エキゾチックな顔立ちをした美女は、真っ赤なタンクトップに包んだ体を窮屈《きゅうくつ》そうにねじりながら、裕次郎とヒロシの間に形の良いヒップを滑り込ませた。

「サンキュー」

女は媚《こ》びるようにそう言うと、いきなり裕次郎に抱きついて頬にキスをした。

「なーに、いいってことよ」

タンクトップに包まれた弾力のある胸に直撃され、裕次郎は鼻の下を伸ばしながらニヤニヤしている。女は抱きついたまま離れない。振り返って見ていたアノンとダワァンが、ほぼ同時に声を上げた。

「ゾッザヤ！」

二人とも見てはいけないものを見てしまったかのように、大きく目を見開いている。ゾッザヤと呼ばれた女は、まるで悪戯がバレた子供のように気まずそうな笑みを返した。

「なんだ、知り合いだったのか。だったら助けてよかったじゃん。なっ、トミー」

トミーと愛称で呼ばれた中村は何が起こったのか理解できず、ただただ両者の真ん中の位置で、テニス観戦のように後部座席の美女と前列の二人の顔を交互に見比べていた。武藤は困ったような顔で、腕組みしながら唸《うな》っている。

「いいじゃん、旅は道連れ世は情けっていうやつだ。なぁ、ヒロシ」

「へい」

「さぁ、レッツゴー。腹へったー、早くなんか食おうぜ」

とはいえ車はすぐに動きだしはしなかった。陽気な裕次郎をよそに、最前列の二人は後ろを振り返ったままだ。アノンは目を見開いたまま、口に両手を当てている。ダワァンは苦しそうに顔を歪《ゆが》めながら、何度も吐息を洩らしていた。

ダヤンゴラホテルでの目覚《めざ》め

ウランバートルの朝は遅い。

すでに午前七時を回っているというのに、外はまだ薄闇に包まれている。それでもダヤンゴラホテル一階の広々としたレストランは西洋風の豪華なシャンデリアで煌々《こうこう》と照らされ、朝食バイキングにありつこうとする世界各国からの宿泊客で賑《にぎ》わいだしていた。

ダヤンゴラホテルはウランバートルで三本の指に入る一流の国際ホテルである。とはいえそれはあくまでウランバートルにおいて、である。日本のレベルで言うと、造りは中級程度であろう。洗面所の蛇口《じゃぐち》が水漏れしていたり、バスタブの栓がはまらなかったり、ベッドサイドのテーブルの化粧板が剝《は》がれ落ちていたり、カードキーの接触が悪くてなかなか電気がつかなかったりはするが、その程度は目をつぶらねばなるまい。なにせ温かい湯は出るし、トイレの水もちゃんと流れるのだから文句を言ってはいけないのだ。なぜならここはモンゴルなのだから。

実際ゴミゴミした街から一歩抜け出すと、そこには広大な草原が果てしなく続き、当然公衆トイレも風呂も無い世界となる。したがってホテルで過ごす日々などは一般国民から見れば、贅沢《ぜいたく》以外のなにものでもないだろう。もっともこの国において、贅沢の尺度は人によって大きく違ってくる。日本以上に格差があるといってもいい。ウランバートルという首都で都会的に暮らす国民と、家畜以外に所有権を主張しない大草原の遊牧民とを一緒くたに語ることは到底できないことだ。そしてもしかしたら遊牧民の贅沢こそが、我々日本人が忘れてしまった本当の贅沢なのかもしれない。この国を訪《おとず》れた日本人は、ふと立ち止まった時にそんな思いに駆《か》られるという。

なにはともあれ一流の国際ホテルなので、飛び交う言語もインターナショナルである。英語、ロシア語、中国語、韓国語にモンゴル語。もちろん日本語も幅を利かせてきている。

頭上を走り抜けるさまざまな言語の洪水《こうずい》をものともせず、前屈《まえかが》みになって黙々と目玉焼きを突《つつ》いている男が二人。裕次郎とヒロシであった。二人は中村の家が経営している夕顔瀬《ゆうがおせ》スイミングクラブ指定の紺色ジャージに身を包み、四人掛けのテーブルに向かい合って座っていた。二人ともまだ寝癖《ねぐせ》のついた髪を整えてはいない。

そこに遅れてやってきたのが中村である。これまた同じジャージ姿で、キリンのように首を伸ばし、裕次郎らの姿を探している。すぐに二人の姿を見つけ出すと、中村は大股で近付いてきた。

「おはよう」

声を掛けると、二人はゆっくりと顔を上げた。

「オイーッス」

「おはようございます」

裕次郎はケチャップまみれのウインナーをかじりながら、そしてヒロシは玉子の黄身でだらしなく口の周りを黄色くしていた。

「ちょっと、コーヒー取ってくるね」

「おっ、どうした。食欲ねぇのか」

「ううん、朝はまずモーニングコーヒーを飲んでからよ」

「そうか、ならいいけどよ」

中村がテーブルにルームキーを置いてコーヒーを取りに行くと、再び二人は前傾姿勢に戻り食事に集中した。本能に忠実な二人だけに、その姿は食べるというよりも貪《むさぼ》るといった方が正しい。食事はアメリカンバイキング形式である。次々と皿を平らげ、テーブルの上に残っているのは、二人分のフルーツだけだった。オレンジにメロンとリンゴ。当然輪入物ではあるが、昔と違って現在のモンゴルでは一通りの果物は手に入る。とはいえ味までは保証されていない。

「水気のないメロンに、モサモサしたリンゴか。まぁ、オレンジはまともだから文句は言うまい」

一気に片付け爪楊枝《つまようじ》をくわえたところに、中村がコーヒーカップを持って戻ってきた。

「おい、あの娘、どうなったかな」

「えっ、ああ、あの娘ね。ゾッザヤさんて言ったっけか。ダワァンさんとアノンさんの幼馴染みって言ってたよね。何か訳ありって感じだったけど、あの人たちにお任せするしかないじゃない。ちゃんと家まで送り届けるって言ってたし」

中村が喋りながらヒロシの隣に座った。

「うん。まぁ、そりゃそうだけどよ。なんだったら俺の部屋に匿《かくま》ってもよかったんだよな。あんなに綺麗でナイスバディな子なんだしよぉ……」

「ちょっと、裕ちゃん。奥さんに言いつけるからね」

「おーっと、それだけは勘弁してくれ」

裕次郎は本気で慌てた。怖いもの知らずと呼ばれている裕次郎にとって、唯一無二の絶対的権力者は妻の恭子《きょうこ》である。家の玄関で娘の美咲《みさき》と共に笑顔で送り出してくれた姿が脳裏に浮かび、裕次郎は一瞬背筋を伸ばした。つまりはそれほど恐妻家であり、同時に愛妻家でもあるのだった。

「でもなぁ……部屋は広いし、ベッドだって二つあるんだし……ツインルームのシングルユースって、少し寂《さび》しいよな」

いかにも残念そうに小声で呟きながら、裕次郎はメロンの皮にフォークを突き立てた。そして大きなため息をひとつついたかと思うと、くわえていた爪楊枝をポキリと折って、いきなり話題を変えた。

「ところでよ、日本を発《た》つ前にしっかり聞いてなかったんだけど、お前チンギス・ハーンの何を調べようとしているわけ」

「ああ、まだ言ってなかったっけ」

中村は煮詰まったように濃いコーヒーをズズッと啜《すす》りながら、何か企《たくら》んででもいるかのようにニンマリと笑った。

「裕ちゃんは僕が義経《よしつね》ファンだっての知ってるよね」

「ああ、趣味で色々調べているんだろ。お前の部屋の本棚は、その手の本ばっかりだもんな。昔っから、そうだよな。中学の時には、歴史オタクって言われてたし」

「でも歴史がすべて好きなんじゃないよ。好きなのは幕末モノと平泉藤原《ひらいずみふじわら》文化関係で、特に好きなのが義経北行伝説」

「知ってるよ。あれだろ、源《みなもとの》義経は平泉で死なねぇで、生きて北へ逃れたって話」

待ってましたとばかりに中村はコーヒーカップをテーブルに置き、ぐいっと細身の体を乗り出した。

「そう、それ。鎌倉《かまくら》時代の公文書である吾妻鏡《あずまかがみ》には、文治《ぶんじ》五年（閏《うるう》四月三十日）に藤原泰衡《やすひら》軍に攻められ、義経は高舘《たかだち》で自害したと記されている。でも不思議なことに岩手から青森、さらに北海道にかけて、義経は生きて逃れたという伝説がまことしやかに伝えられているのよね。でね、ここで注目すべきなのは、伝説の残る地が見事に線で繋がるってこと。きちんとした北行ルートになっているんだよね。これはね、点だけで繋がらない他の英雄不死伝説とは明らかに異なるわけ」

「へえー、そうかい」

「うん。さらに伝説を支えているのが謎の多さなの。おもしろいよ、聞いてみる」

「ああ」

腹ごなし程度に相槌《あいづち》を打つつもりが、謎という言葉にいささか惹《ひ》かれ、裕次郎も少しだけ本気で話を聞いてみる気になった。中村の方は生来好きなことを話しだしたものだから、いつも通りハイピッチで熱い口調になってくる。

「これは在野の研究家や義経マニアが指摘していることなんだけどね。たとえば当時平泉から頼朝《よりとも》のいる鎌倉までは十四日間で行けたはずなのに、義経の首は実に四十三日間もかかって運ばれているの。しかも当時は太陰暦だから、今の暦《こよみ》に直すと鎌倉到着は八月の初め。つまり炎天下の真夏の行程となるのよね。いかに酒を浸した桶《おけ》に入れていたと言っても、暑い時期に四十三日間だからね。首は判別するのも難しかったはずだよ。で、ここで言われているのが替え玉の存在。実は義経には、背格好もそっくりな杉目太郎行信《すぎのめたろうゆきのぶ》という影武者がいたんだよね」

「ほう」

「ところが、この杉目太郎行信の行方《ゆくえ》が高舘以降まったくわからなくなっている」

「なにぃ。ということは……あれか。高舘でそいつが義経の身代わりになったってことか」

中村は口を斜めにして笑った。予想通りの反応だったからだ。しかしそれには応えず話を続けた。

「他にもあるよ。たかだか十人程度といわれていた義経主従を、なぜ泰衡は大軍で攻めたのか。言い伝えでは五百人とも二万人とも言われてるんだから」

「それはあれだ、やはり義経主従はメチャメチャ強かったからだ。一人百人力として十人いれば、千人の軍に相当する、って少し無理があるか」

裕次郎は腕組みをして唸《うな》りだした。

「その他にも、たとえば衣川《ころもがわ》には雲際寺《うんさい》というお寺があってね。そこには配下の者が持ってきたと言われている義経と奥方である北の方の位牌があるんだけど、それには亡くなった日が閏《うるう》四月二十九日となっているの」

「なにぃ、さっき三十日に攻め込んだって言ってなかったっけ？」

「そう、一日早いのよ。そしてその位牌に書かれている義経の戒名《かいみょう》が、また謎を生むんだよねぇ。そこには、捐館通山源《えんかんつうざんみなもと》公大居士神儀《こうだいこじしんぎ》と記されているの。字の説明をするとね、えんかんは館を捨て、つうざんは山を通ってという意味にもとれる。だいたいおかしいと思わない。戒名ってさ、その人の生前の勲功《くんこう》とかの文字を連ねたりするものじゃないの。数々の合戦で手柄を立てて判官の職にあった人の戒名なんだから、もっと別の華々しい戒名であってもいいはずなのに」

「うわっ、それじゃなにか、一日早く館を出て山を越えて行ったって」

「そう解釈する人もいるし、類家稲荷縁起《るいけいなりえんぎ》という資料によれば、すでに一年前に気仙《けせん》から船で八戸《はちのへ》へ逃れたと記されているの」

「へー、話としてはおもしれぇな」

いつの間に引き込まれたのか、ヒロシも背筋を伸ばしてじっと二人のやり取りに聞き入っている。中村は満足そうに頷くと、コーヒーカップに手を伸ばした。

「他にも吾妻鏡と合戦の詳細を記した玉葉《ぎょくよう》との日付や表現の違いを指摘する意見もあるし、吾妻鏡自体の信憑性《しんぴょう》を疑う意見もあるの。なんたって吾妻鏡が書かれたのは、義経の死後八十年も経ってからなのよね。それに公文書と言っても、それはあくまで鎌倉幕府が書いたものでしょ。歴史はいつだって勝者が作るものだから、都合の悪いことは書かずに、自分たちにとって都合のいいことだけを記すこともできるわけだから。さらに高舘を襲ったのは偽戦だったたって説もあってね。つまり泰衡は義経を逃がそうとして合戦を仕組んだんだって。言われてみればたしかに頼朝は泰衡に、義経を生け捕りにせよと命じているんだよね。本気で殺す気だったら、だまし討ちや寝込みを襲うとか、毒殺という手だってあるんだし。大軍で襲うより、ずっと楽だと思うのよね」

「へー、それってどれも俗説なんだろうが、頭が混乱してくるぜ」

「でしょう」

「しかし俺、学校で習った知識だけで泰衡を藤原一族で一番の愚《おろ》か者だと思っていたけどよぉ、それらの中に真実があったとしたら、見方が違ってきちまうぜ」

「でしょう。でも本当に調べれば調べるほど謎だらけなんだよね。ただ、中には解明された謎もあってね。それは真夏になぜ四十三日間もかけて鎌倉まで運んだのかって話」

「判別不可能にするためじゃねぇのか。その杉目なんたらって奴の首だったらよ」

「そう思いたいんだけど、しっかりとした理由があるの。実はその時期に頼朝は大掛かりな母親の追善供養を予定していて、そのために偉いお坊さんらを京都から呼ぶ段取りになってたのよ。ところがそんな大事な場に義経の首が運ばれてくるのは縁起でもないということになって、慌てて京都に延期の知らせを出したんだけど時すでに遅く、お坊さんらは出発した後だったんだって。そこで頼朝は急いで奥州に使いを出し、ゆるゆると参れと命じたのよ。それにお坊さんが到着したからって、待ってましたとばかりに追善供養を始めるわけにもいかないもの。偉いお坊さんたちの旅の疲れが取れるのを待って、さらには仏事ってのは暦で日を選ぶっていうし。大掛かりな追善供養なんだから、何かと細々《こまごま》とした準備もあっただろうしね。それで義経の首を持った連中は命令通り、ゆっくりゆっくり四十三日間もかけてやってきたってわけ。とはいえそれが偽首だったら平泉の連中にとっても好都合だったろうけどね」

「ふーん、お前けっこうおもしろいこと調べてるんだな」

「まあね。なにはともあれ僕は義経が死んだとは思っていなくてね。実際歴史的に見ても、江戸時代のシーボルトや水戸光圀《みとみつくに》、新井白石《あらいはくせき》といった希代の知識人たちが、義経は平泉で死んではいないという説を述べているしね。ならばとばかりに歴史好きで義経ファンの僕は、義経が北に逃れたコースというのを休日のたびに辿《たど》ってみたわけ。その道を辿ってみれば、何か見えてくるかなって。文化人類学で言うところのフィールドワークってやつね。それで、平泉をスタートして奥州市や遠野《とおの》市、川井《かわい》村を通って宮古《みやこ》市に行ったのよ。そこから沿岸部を北上して久慈《くじ》市から青森県八戸市へ。八戸市からは青森市を通って市浦《しうら》村と三厩《みんまや》村、えっと合併してたしか今は違う市町村名になってるけど、津軽半島の突端まで行ったってわけ」

「へー、好きだねぇ、まったく」

「いや、そこで終わったわけじゃないよ。その翌年の夏休みには北海道に渡って、函館《はこだて》市から岩内《いわない》町、小樽《おたる》市にかけてのルートを辿って、最後は神威《かむい》岬に到達したの」

「やるもんだ。で、その結果、何かわかったのか」

「なんか匂いがするんだよね、義経くささって言うのかな。生きて歩いた体臭のようなものが、確実に青森県までは感じられるのよね。特に八戸市周辺がくさかった」

「そりゃ、八の屁《へ》ってくらいだからな」

言い終わるや、いきなり裕次郎は笑いだし、一拍遅れてヒロシも笑い声を上げた。自分が口にしたシャレがよっぽどツボにはまってしまったらしく、裕次郎の笑いはなかなか収まらなかった。両肩がひくついている。中村は呆れ顔でコーヒーカップを手に取り、眉間《みけん》に皺《しわ》を寄せながら啜った。

「ちょっと、真面目《まじめ》に聞く気があるの」

「わりぃ、わりぃ。いや、久々のヒット作だったからよ。なあ、ヒロシ」

「へい。ふーっ、すんません」

ヒロシは途中から笑うのを我慢するために息を止めていたらしく、顔面が真っ赤になっている。

「なるほど、青森まではわかったぜ。それで、北海道は義経くさくなかったのかよ」

中村は気を取り直して裕次郎の方を向いた。

「うーん、難しいね。たしかに北海道内の各地に義経伝説は点在しているんだけど、うまく結びつかないのよ。それに義経と言われている人物の性格が、津軽《つがる》海峡を越えた途端に一変しているんだよね。つまり本州の足跡では悲劇の英雄としての扱われ方をしているのに、北海道に上陸後はアイヌの娘を誑《たぶら》かしたり宝を持ち去ったりした人物として伝えられているの」

「へっ、それじゃあ悪人じゃねぇか」

「そう。まるっきり人格が変わったような気がするのよね。再起の目途《めど》が立たなくて、自暴自棄になって北海道に渡ったというふうに考えることもできるけど、僕はやはり別人だと思う。実際に江戸時代には蝦夷《えぞ》地を直轄支配しようとした幕府が、アイヌ民族の間に伝わる義経伝説を利用しようとした跡が窺えるし、逆にアイヌの人々が幕府に反発して生み出した伝説もあると思う。つまり江戸時代に新たに捏造《ねつぞう》された伝説ってのもあるような気がするんだよね」

裕次郎は意味がわからず、再び腕組みしながら眉間に皺を寄せた。

「どういうことだ」

「うん。たとえば平取《びらとり》町という所も義経伝説が残っている有名な町で、そこにある義経神社には江戸で作られた木製の義経像が祀《まつ》られているんだけどね。その像のモデルは、なんと当時の幕府が派遣した近藤重蔵守重《こんどうじゅうぞうもりしげ》という役人だっていうんだよね」

「なに、それじゃあ地元の人間は義経だと信じて幕府の役人を拝《おが》んでたってことか」

「そういうことになるの。権威としての義経を何かのために利用したんだろうね。そうでなければその近藤重蔵守重って役人は本気で義経になりたかったのかもしれない」

「なんと不届き千万、罰当たり」

「まぁ、それだけ義経は昔も今も人気者だってことだろうね。江戸時代には、すでに物語の悲劇の英雄だったわけだしさ。今だって決して人気は衰《おとろ》えちゃいないし、判官びいきという言葉も生きている。八百年の時を超えた現代でも、義経は日本の歴史上一番の人気者と言っていいと思うもの」

「たしかにな。おっ、そういやヒロシは前に大河ドラマ、録画して毎週見てたっけな」

「へい。義経、カッコよかったっす。それに静御前がメチャメチャ可愛かったっす」

ヒロシは思い出したのか、顔をほのかに赤らめニヤついている。中村は空になったコーヒーカップを置き、細長い腕で頬杖をついた。

「僕はね、義経は青森の十三湖《じゅうさんこ》から海に逃れたと思っている。あそこは義経の庇護《ひご》者であった藤原秀衡の実の弟である秀栄《ひでひさ》という人が支配していた土地なのよ。十三湖には立派な港があって、藤原氏の海外交易の拠点だったとも言われているし。しっかりと遺書を残したとされている秀衡は、万一の際には不仲で喧嘩ばかりしている息子たちよりも、実の弟に義経を託したような気がするんだよね。そしてそのまま海流に乗って樺太《からふと》まで行ったんじゃないかと思ってるの」

「ほう、北海道には渡らずか」

「食糧補給か何かの理由で何ヶ所か立ち寄ったかもしれないけど、そんなに長くは滞在しなかったと思うんだよね。義経主従はただ北に逃れたわけじゃなくて、果たさねばならない大きな目的があったと思うから」

「大きな目的って何だよ」

「うん。ズバリ、再起だと思う。大陸の兵を募《つの》って軍を編成し、鎌倉に攻め入ろうとしてたんじゃないかな。藤原氏の交易ルートを通じて、大陸に命知らずの強者《つわもの》たちがいることを、義経は知っていたんだと思うんだよね。藤原氏ってのは豪族であると共に、今で言う総合商社を経営していたようなところがあるからさ。そうでなければ大陸の珍しい特産物が、博多《はかた》をしのぐほど大量に平泉の地に運ばれてくるなんてことはなかったと思うし。つまり『総合商社藤原』の樺太支店とかシベリア支店とかがあって、そこを頼りに義経主従は船出したんだと思う」

　裕次郎は下唇を突き出し、顎に手を当てて唸った。ヒロシは目を真ん丸くさせ、口をポカンと開けている。こうなるとマニア、いや歴史オタクの話は止まらない。

　少し混乱しかけてきたのか、裕次郎は唸りながら首を捻《ひね》った。

「しかしよ、現実的な話で悪いけど、頼みとした秀衡が亡くなった後だろう。金もなければ、権力もない。大した武器だって持ってないだろうし、馬だって運ぶのは大変だ。そうだな、たとえば秀衡の遺言で一袋の砂金をもらっていたとする。逃げるのに持って行くわけだから、サンタクロースが担いでいるような大きさじゃ無理だ。片手で持てる大きさ程度の袋に入れた砂金だろうな。でも、その程度じゃ大軍を雇うには足りないだろう。それに長旅だと軍資金はすぐに尽きるんじゃねぇのか」

　中村は目を見開き、ポンと手を叩いた。傍らを通り過ぎようとした女相撲の横綱のようなウエイトレスが、注文かと思って振り返る。裕次郎は中村の代わりに右手をヒラヒラと前で振って、ソーリー、ノーサンキューと告げた。筋肉質のウエイトレスはプイッと前を向き直し、大きなヒップをブリブリと揺らしながら遠ざかっていった。

「すごいよ、裕ちゃん。いいところに気付いたね。さすがは小さいけど組を率いる親分だけある」

「小さいだけ余計だ」

「核心に近付いちゃったよ、歴史の謎のさ」

「一人で興奮するなよ、どういうこった」

「つまりさ。金じゃないんだよ、宝は」

「はぁ……」

「ズバリ、鉄なんだよね」

　金より鉄と言われても素直にイメージできない裕次郎は、ヒロシと顔を見合わせた。ヒロシもわけがわからず、目を丸くしたまま首を傾げている。それも当然の話で、裕次郎やヒロシが身を置くヤクザの世界においては、一般社会の常識以上に、金こそが最高級の光り物である。金は何よりも喜ばれる装身具であり、贈り物であり、そして隠し財産でもあるのだ。金のネックレスにブレスレット、腕時計に延べ棒等々。間違っても鉄のネックレスやブレスレットをして喜んでいるヤクザなど見たこともないし、金庫に鉄の延べ棒を隠している親分など聞いたこともない。

「いい、ここが盲点なのよ。平泉は金色堂に代表される黄金文化で、やたらと金のイメージが強いでしょ。たしかに藤原氏が支配した東北地方は有数の産金地ではあるけど、それはあくまで国内有数という意味。東北だけであれだけの金を集められたとは到底思えないもの。だって実際に平泉が保有していた金の量は想像を絶するよ。奈良の大仏一体にかかる金箔分の金を献上したり、青森の外ヶ浜《そとがはま》から白河《しらかわ》の関まで金字の卒塔婆《そとば》を立てたり、中国から有難い経文を手に入れるために贈った金なんて本当に凄まじい量なんだから。だけど、僕はそれらの金を大陸との交易で手に入れたと思っているんだよね。実際にシベリアの地なんて、掘れば金の鉱脈だらけだって聞いたことがあるし」

「しかしよ……交易だって言うんなら、その金を手に入れるために鉄を輸出したっていうことか」

「そうよ。金が欲しい人もいれば、喉から手が出るほど鉄を欲しがっていた人もいたんだから。そこで存在感を増すのが、金売《かね》り吉次《きちじ》」

「金売り吉次って、義経を京都から連れてきた商人だろう」

「そう。秀衡が『総合商社藤原』の最高経営責任者ならば、金売り吉次は対外的な社長。つまり現場の商《あきな》いのすべてを掌握《しょうあく》していたんだと思う。大陸の珍品や海産物なんて片手間の商いで、メインで扱うのは金と鉄。東北の地は決して産金だけの地じゃないよ、世界有数の産鉄の地でもあるんだから。ほら、現代では需要の関係でかなり斜陽になっちゃったけど、岩手には鉄の町として有名な釜石《かまいし》だってあるでしょう」

「おーっ、そうか、わかったぞ。鉄は槍や刀といった武器になるし、鋤《すき》や鍬《くわ》といった農具にもなる便利な金属だもんな」

「そう、そう。金売り吉次の金は鉄の意味でもあったの。だって金属はなんでも金物って言うじゃない。つまり金売り吉次は、金物売り吉次だったのよ。そして大陸、特に今のこのモンゴルの辺りでは、なんと鉄はほとんど採《と》れなかったらしいのよね」

「なに、マジでそうなのか。信じられねぇな、こんなに広大な土地があるってのによ。うーむ、それで?」

中村は自分自身に言い聞かせるかのように強く頷き、再び熱い口調で語りだした。

「軍資金は貿易で潤《うるお》っている『総合商社藤原』の大陸支店で工面《くめん》できたとして、さあ、そこで話はチンギス・ハーンに戻るわけ。今までの話はひとまず置いといてちょうだい。えーっと、うん。さて、裕ちゃんも義経＝チンギス・ハーン説くらいは知ってるよね」

「当ったり前だ、バカにすんな。それに話の流れからそう来るに違いねぇと思ってたぜ。義経が大陸に渡ってチンギス・ハーンになったって話だろ。つまり二人は同一人物だって説。たしか源義経を別の読み方でゲンギケイ。これがジンギスカンになって、転じてチンギス・ハーンになったってやつだろう」

　裕次郎は自慢げに胸をそらした。ヒロシも頷いている。

「うーん、そんな単純な話じゃないんだけど、まあいいや、うん。さっき言ったシーボルトや水戸光圀に新井白石らもそういう伝承に触れているけど、決定的なのは小谷部全一郎《おやべぜんいちろう》という人が大正時代に書いた『成吉思汗《ジンギスカン》ハ源義経也』という本なんだよね。これには実際に満州やシベリアで調査したことも記されていて、かなりファンとしてはドキドキする内容になっているの。我々義経ファンがバイブルと呼ぶ高木彬光《たかぎあきみつ》先生の名著『成吉思汗の秘密』は、これに影響されて書かれたと言われているしね。これには源義経とチンギス・ハーン両者の共通点や同一人物としか思えない点が、いくつか列記されていてね」

「ほう、たとえば」

「うん、たとえばね……チンギス・ハーンは緑茶を好んだとか、即位する時に九本の白旗を掲げたとか……あっ、九は九郎判官義経の九を意味していて、白旗ってのは源氏の旗なんだけどね。そもそも元《げん》という国の名は源からとったとの説や、そうそう名前にまつわるものもいっぱいあった。チンギス・ハーンの長男フジの名前は富士山からとったとか、父のイェスゲイはニルン族の出身て言われてるんだけど、イェスゲイは蝦夷海、ニルンは日本が訛《なま》ったものだとか。それに部下のサイタは西塔弁慶《さいとうべんけい》、同じく部下のシュビは漢字でシュウビと書く鷲尾三郎《わしおさぶろう》のことだとかね」

「うわっ、すげぇ。かなり強引な気もするが、でも一瞬鳥肌が立ちそうになったぜ」

「他にもチンギス・ハーンを漢字で表した成吉思汗という文字は『なすよしもがな』と読めて、これは静御前が歌い踊った『しずやしず、しずのおだまきくりかえし、むかしをいまになすよしもがな』と重なるっていう」

「わっ、今オレ、マジで鳥肌立ったっす」

ヒロシがいきなり立ち上がり、ジャージに包まれた左腕を激しくこすりだした。それを見て、中村はうれしそうに微笑んだ。

「さらにチンギス・ハーンは無学文盲だったといわれているけど、それは異民族だったからじゃないのかとも言われている。その証拠に漢字は読めたっていうんだよね。それから大陸という広い範囲で言えば、源氏の家紋である笹竜胆《ささりんどう》の紋が印された壁や石碑があったり、日本から来た武将が建てた城なんて話が伝わっている。まぁ、日本のお城のイメージとは違って石で造られた平らな城だけどね」

「すげぇ、マジですげぇよ」

　中村は大きく頷いた後、ため息をひとつついた。

「まぁ、他にも色々とあるんだけど、残念なことにこれらは賛否両論というよりも奇説として歴史の隅に追いやられてしまっているんだよね」

「なんだよ、おもしれぇからいいじゃん、なぁ」

　相槌を求めると、ヒロシは首振り人形のように何度も頷いた。

「うん、でも歴史学者の人たちはまったく認めていない。もちろん僕だって完璧に信じているわけじゃないよ。でも数パーセントの可能性はあると思うんだよね。それに別人だとしても、この広い大陸のどこかで、二人の英雄が出会っていたかもしれないし。同じ時代の人だからね。なんかさ、そう考えただけで楽しくなるんだよね。だからこうしてわざわざモンゴルまでやってきたってわけ。一応自分の目で確かめてみたいから」

「おっ、トミー、カッコイイぞ。これも言ってみりゃ道楽の一つなんだろうが、こういう道楽なら俺も嫌いじゃねぇぜ。よし、見つけちまおうぜ、義経とチンギス・ハーンが同一人物だったたって証拠をよ」

「あのねぇ。心強いけど……そんなに簡単に見つかるもんじゃない。歴史学者だって今まで色々と調べたはずだしさ」

「バカ、頼りねぇこと言うなよ。さっきお前、数パーセントの可能性って言ったろう。いいか、数パーセントってのは、一から一〇〇まであるってこったぜ。つまり〇パーセントじゃねぇってことは、一〇〇パーセントもありってことだ。歴史上の人物が言った格言じゃねぇけど、少なくとも俺の辞書にはそう書いてあるぜ」

「ゆ……裕ちゃん」

思いがけぬ裕次郎の一言は、純情歴史オタクである中村の心を魅惑的に、かつ激しく揺さぶった。

「ああ、なんか興奮したら、また腹がへってきた。ヒロシ、おかわり持ってきてくれ。どうせバイキングだしよ。うーんと、そうだな、ウインナーソーセージとビーフンがいいな」

「へい」

返事をするなりヒロシは素早く立ち上がり、さまざまな料理が並ぶ中央のテーブルに走った。白い大皿を二枚持ち、背の高いロシア人らの間をかいくぐるようにして料理を盛り付けている。どうやら自分のおかわりも用意しているようだった。そんなヒロシを半ば呆れ顔で見つめていた中村は、ゆっくりと視線を裕次郎に移した。

「おもしろがってくれるのはありがたいんだけど、裕ちゃんだって本当は、ただ僕の道楽に付き合ってモンゴルまで来たわけじゃないでしょ」

「ん……イトウ釣りが目的じゃダメか」

「そうじゃなくて、本音で言ってよ。だいたい転んでもタダでは起きないタイプでしょ」

「ふん。たしかにな」

　裕次郎は思い出し笑いでもするかのように噴き出した。

「トミーに隠し事はできねぇもんな。へへっ。実は遊牧民のゲルとかいうテントに少しばかり興味があってな」

「ゲル？」

「ああ。年金キャバレーに続く癒《いや》し系風俗店に使えねぇかなと思ってよ」

「いやらし系風俗？」

「アホ。い・や・し・系だ。ゲルキャバなんてどんなもんかなって」

「えー、ゲルのキャバレー！」

　声を上げながら、でも、あり得るかもと中村は思った。もともと裕次郎の発想は並じゃない。かつて年金を受給している婆さんばかりを集めて、癒し系のキャバレーを始めたことがある。当然そんな店がはやるはずはないと笑われたが、蓋《ふた》を開けてビックリ。現代社会で心を病んだ人々《や》が、母親や祖母の面影《おもかげ》を求める癒しの場として繁盛《はんじょう》し、今もそれなりに賑わっているのだ。

「インターネットで調べたんだけどよ。モンゴルを訪れた日本人観光客て、ほとんどみんなゲルに泊まってるんだよな。それで体験記とか読んだら、どれも癒されたって書いてあってさ」

「でも、それは大自然の中に身を置いたからじゃないの」

「そこだ。たしかにモンゴルほどじゃないが、岩手にはまだ自然が残されている。それに都会にだって、まだまだ未開発の場所もある。それでうまく組み合わせられねぇもんかなって、考え中だ」

「へー、たとえば」

「おう。たとえば……移動式の利点を使って……神出鬼没のゲルキャバとかよ」

「えーっ」

「時間と場所のヒントだけ告知して、どこに現れるかわからない幻のゲルキャバ。ただし中にいる女の子は絶世の美女揃い、ってどうよ。現代の御伽噺《おとぎばなし》にならねぇかな」

「たしかに……オタク系の男子や、ミステリーファンとかに受けるかも」

裕次郎はニヤリと笑った。

「それからよ、キャバレーもないような田舎《いなか》の集落にゲルキャバが突如《とつじょ》現れたりしたら、山奥に暮らす爺さんたちも腰を抜かして喜ぶだろうな」

「えっ、それで儲かるの？」

「儲けはとりあえず二の次だ。生きる希望を失くしつつある年寄りに、冥途《めいど》の土産《みやげ》をプレゼントしてやるのさ。どうだ、高齢化社会における移動式の桃源郷だぜ。それによ、採算は取れると思うんだよな。ほら、オレオレ詐欺《さぎ》とかにひっかかった年寄りの被害金額なんて、すげぇ額だぞ。けっこう貯め込んでいやがるんだな。もっとも俺は騙したりはしねぇ。正当なサービスを提供して、それに見合った金額をもらうだけの話だからな。慈善事業じゃねぇ。立派な商業活動だぜ。これこそ俺が目指す、地域との共存共栄の任侠《にんきょう》道、なんてな」

中村は半ば呆れつつも感心していた。やはりこの男はタダ者じゃない。本当にゲルを使って風俗店を始めてしまうかもしれない。中村はあらためて夢想中の裕次郎の横顔をしげしげと眺めた。

「へい、お待ち」

そこへヒロシが戻ってきた。皿には山盛りのビーフンとウインナーソーセージが、こぼれんばかりに乗っている。その量に目を見張りながら、中村はため息をついた。

「ほどほどにしといてよね。裕ちゃんたら、満腹になるとテンションが異常に下がる性質なんだから」

「わかってるって。えーと、出発は九時だろ」

「そう。武藤さんがロビーに迎えに来ることになっているから。いい、満腹になったからって、二度寝なんかしちゃダメだからね」

「はーい、わかってまーす」

我ながら小学生を引率する教師のような口調だなと思いながら、中村は立ち上がった。旺盛《おうせい》な食欲を間近で見せつけられて、元来食の細い中村も少しだけ食欲がわいてきたのだった。

「いっぱい食えよ。腹がへっては戦もできねぇんだからな」

「はーい」

今度は逆に中村が小学生のような口調で返事をする。中村は苦笑いしつつ、中央の大きなテーブルにゆっくりと向かっていった。


さて、昔から早起きは三文の徳と言う。今も言われ続けているということは、それがまんざらでもないということの証《あかし》なのだろう。しかし、早起きしたがゆえに事件に巻き込まれることだって世の中には稀《まれ》にある。この日の裕次郎とヒロシがそうだった。

早起きして朝食も食べ終え、時間を持て余した裕次郎とヒロシは、とりあえずロビーに下りることにした。健康優良児体質の二人にとって、ホテルの部屋で集合時間まで待つというのは、ただただ息苦しいだけのものだった。約束の九時にはまだたっぷり時間があったので、二人はホテルの周りでもぶらつくつもりになっていたのだ。すでに身支度も整えてある。裕次郎は白のポロシャツに麻のジャケットを羽織《はお》り、下はジーンズ姿。ヒロシは水色のアロハシャツにジーンズだ。肩に担いだ白いデイパックの中には、寒さ避けのウインドブレイカーやミネラルウォーターなどが入っている。二人は揃って宿泊階である七階からエレベーターに乗り込んだ。ノロノロとした動きのエレベーターは、止まるタイミングを手探りでもしているかのような動きをしながら、ややバウンドしつつ五階で止まった。

「このエレベーター、マジでトロイっすねぇ」

「ああ、せっかちな日本人には耐えられねぇな」

二人はずっと感じていたことを言い合った。

さらにこのエレベーターはすぐには開かないのだ。じれったいほどの間を作ると、思い出したかのようにいきなりドアが開く。

「うわっ」

「遅ぇぞ、コノヤロー」

怒号にも似た声を発しながら、体格の良い二人の男が飛び込んできた。言葉から察すれば、間違いなく日本人である。しかもかなりガラが悪い。勢い余って男らは手前に立っていたヒロシを突き飛ばした。ヒロシは壁に寄りかかっている裕次郎の隣のスペースに、体当たりするような格好になって唸り声を発した。

「ううっ、痛ぇっすよ。バカヤロー」

「なにぃ」

男の一人が凄んだ。だが、その程度で怯《ひる》むようなヒロシではない。元は暴走族の親衛隊長。ましてや傍《そば》に裕次郎がいると思うと、それだけで強気になれるのだ。

「悪いのはそっちっすよ」

「なんだとぉー。テメェ、誰に向かって言ってんだ、オラー」

男はさらにドスの利いた声でヒロシに迫った。

裕次郎は素早く男らを一瞥《いちべつ》した。二人とも黒尽くめのスーツにサングラス姿。昨日空港で見かけた黒尽くめの大男を程よく縮小した感じで、まるで映画に出てくる秘密諜報部員そのもののいでたちである。さらに乱暴な言葉遣いと振る舞いから判断すれば、ほぼ間違いなく日本の暴力団関係者であろうと推測できる。ここでほぼと言ったのには意味がある。それは稀《まれ》に警察関係者の場合もあるからだが、この場合は前者で間違いなさそうだった。ヒロシと言い合っている男は、まだ若い。短髪に尖《とが》った顎が印象的だ。もう一人は三十代前半といったところで、オールバックに黒々とした顎鬚《あごひげ》をたくわえていた。

「おい、早く行かねぇと社長に怒られるぞ」

顎鬚の男が腕組みしながら時計を見た。

「わかってますって。でも、このままじゃ気が収まらねぇ。ちょっとだけ寄り道させてもらいますよ」

「まったくお前は血の気が多すぎるぜ。時間をかけるなよ」

男らは一階のドアが開くと、壁に寄りかかる裕次郎をひと睨みした。威圧したつもりなのだろう。そして示し合わせたようにヒロシを両側から固めて外に出た。

「な、なにするんすか」

「ちょっとツラ貸せや」

人目の多いフロント側の入り口には向かわず、駐車場側の出入り口に向かうあたりが、まさしく筋者であることを物語っている。

「やれやれ」

裕次郎は一拍置いて、後に続いた。

男らはヒロシの両腕をつかんだまま、人気の無い駐車場に入って行った。大きな柱が二本立ち、その間に車が数台止まっている。日の当たらない場所のせいか、微《かす》かにカビの臭いがした。今にも切れそうな蛍光灯が、ベンツとレンジローバーの上で秋の虫のように鳴いている。男らは手前の大きな柱を目隠しにする形で、ヒロシを放り投げた。ヒロシはそのままコンクリートの床に尻餅をついた。

「痛ぇー。なにするんすか。乱暴っすよ」

「うるせぇ。テメェに正しい口の利き方を教えてやる。ほら、立て」

しぶしぶ立ち上がったヒロシに、若い男はいきなり右のパンチを繰り出してきた。不意打ちの形だったが、ヒロシはそのパンチを難なく右の掌で受け止めた。

「痛たたたた。ううーっ、力が強いのはわかったっすから」

顔をしかめたヒロシは、右の掌をブルブルと震わせた。呆気《あっけ》に取られた若い男は、次の攻撃ができずにいる。相手が一筋縄ではいかないことに気付いた顎鬚の男が、一歩前に出ながら素早い回し蹴りを繰り出した。ヒロシは後ろに跳びはねてそれをかわした。

「その辺にしときませんか」

薄暗い駐車場に、裕次郎の張りのある声が響いた。

「なにぃ」

男らは声がした方向を振り返った。柱の向こう側から姿を現した裕次郎は、ゆっくりとした足取りで近付きヒロシの横に立った。

「二対一は卑怯《ひきょう》でしょうが。どこの暴力団の方かは知りませんがね」

「テメェ、黙って引っ込んでりゃいいものを」

顎鬚の男が裕次郎に向き直った。

「そんなぁ。友達を見捨てるなんてできませんよ。ドイツの哲学者ショーペンハウエルはこう言いました。友と知己《ちき》とは、幸運に到達するための確かな旅行免状である、と。まさしく僕らは幸運を求めての旅行の真っ只中。旅の道連れの不幸は、友である僕が取り除かねばなりません、なーんてね」

裕次郎は不敵に微笑んだ。若い男は顔を真っ赤にさせ、怒りを露《あら》わにした。

「ガタガタうるせぇ。二人ともブッとばしてやる」

若い男は言い終わらぬうちに突っ込んできた。馬鹿の一つ覚えのような右のパンチだ。裕次郎はそれを見切り、体を左にずらしながら相手の鳩尾《みぞおち》に右の拳をめり込ませた。

「うげっ」

一瞬の攻撃だった。若い男の口から唾液が飛び散った。苦悶《くもん》の表情を浮かべながら、体をエビのように前のめりにさせている。その伸びた首に、ヒロシが手刀を落とした。男はそのままコンクリートの床に崩れ落ちた。

「テメェー」

顎鬚の男が右、左と素早い蹴りを繰り出してくる。頭に血が上っているせいか、蹴りは正確性を欠いていた。裕次郎は難なくそれをかわす。次第に相手の呼吸が荒くなってきた。肩が上下に動いている。相手は蹴りを諦め、両の拳を握り締めた。それを裕次郎は待っていた。両手をだらりと垂らし、ノーガードで相手をおびき寄せる。

「ヘイ、カモーン」

「クソーッ」

屈辱《くつじょく》で顔を赤らめた顎鬚の男は、相棒が体を張って見せてくれた教訓を忘れてしまっていた。力任せに大振りな右のパンチを繰り出してくる。手の甲が相手の頬をかすった感触がして、顎鬚の男は一瞬笑おうとした。だが、記憶はそこまでだったろう。若い男を倒した時と同じように、次の瞬間には裕次郎の拳が鳩尾に鋭くめり込んでいたからだ。

「うぐっ」

顎鬚の男は吐瀉《としゃ》しながら前のめりに倒れた。ヒロシの手刀の出番はなかった。

「あーあ、やっちまったなぁ」

裕次郎は男らを見下ろしながら苦笑いした。

「そうっすねぇ。でも、売られたケンカっすから」

「だよな。買わなきゃ男がすたるってもんだ。それにしても……こいつらどこの組のもんだ」

裕次郎は唸った。頭の中に機内で見かけた今岡らしき男の横顔が突如浮かんできた。この男らは今岡と関係があるのだろうか。だとしたら、何が目的でモンゴルに来たのだろう。昨日の空港での騒動といい、この平和そうな国で何が起きているのだろうか。良からぬ予感が次々と黒雲のように湧き上がってくる。

「こいつ、名刺を持ってるっす」

「どれ、見せろ」

ヒロシが顎鬚の男のポケットから革製の名刺入れを取り出し、一枚抜き取った。そこには神戸《こうべ》の貿易会社の名前と、聞いたことの無い男の名前が記されていた。

「おおかたダミー会社かなんかだろうな」

それより神戸という地名が引っかかった。神戸には今岡が属する熊坂組の総本部がある。裕次郎はまた唸った。

「あっ、そろそろロビーに行く時間っすよ」

ヒロシが思い出したように言った。裕次郎も腕時計に目をやった。集合時間の三分前になっていた。

「とんだ時間つぶしになっちまったなぁ。仕方ねぇ、行くか」

裕次郎は倒れた二人には目もくれずに踵《きびす》を返した。

「へい」

何事も無かったかのようにヒロシが軽やかな声で続いた。


その様子をもう一本の大柱の陰から覗くように見ている男がいた。

「なんでや、なんでアイツがおるんや」

憎々しげに言葉を吐き出したのは今岡義男《よしお》であった。今岡は関西有数の武闘派集団である熊坂組の最年少幹部である。

全国制覇を目論む熊坂組は、かつて北東北支配の先兵として、この男を送り込んだ。総本部の期待通り順調に支配領域を広げた今岡だったが、それは岩手県で躓《つまず》くことになる。そう、それを阻止したのが、裕次郎とその仲間たちだったのだ。そのことを思い出しただけで、今岡はハラワタが煮えくり返るような思いにかられた。失敗が原因で総本部に呼び戻された今岡は、居並ぶ大幹部らに激しく叱責され、北東北制覇の作戦からはずされたのだ。一流大学卒のインテリエリートヤクザとして、組織内で出世街道をひたすら駆け抜けてきた今岡にとって、初めて味わう挫折《ざせつ》であった。失意の今岡に命じられた行き先は、企業舎弟である神戸の小さな貿易会社。いわゆる左遷《させん》であった。

「黒沢裕次郎。お前のことだけは死んでも忘れへん。お前にいつか復讐したるという屈辱の思いだけで、ワイはこうして再びのし上がってきたんや。とはいえ、ワイかてアホやない。焦りは禁物や。運がええのう、黒沢。ここは見逃したる。ワイがこの仕事を成功させ、以前にも増した力を手にしたら、必ず岩手に乗り込んだるさかいな」

今岡はポケットから煙草《たばこ》を取り出そうとした。だが、なかなかうまく取り出せない。いつの間にか手が震えていたせいだった。やっとの思いで一本くわえ、火をつける。笑おうとしても、顔が引き攣《つ》っていて笑えなかった。

黄金のチンギス・ハーン像

首都ウランバートルの中心部には、巨大な長方形に切り取られた広場がある。スフバートル広場だ。周りには政府宮殿やオペラ劇場、中央郵便局や文化宮殿が立ち並び、紛《まぎ》れもなくここがこの国の中心であることを示している。

ここはまさしく広場の名にふさわしい広大な空間だ。国連通りやエンフタイワン通りなどの交通量の激しい道路に囲まれた敷地は、三万人規模程度のコンサートだったら容易に開催できそうに思えるほどだった。

それは周りを取り囲む建物の低さもあるのだろう。日本のように雲を突くような高層ビルはひとつもないのだ。ビルと言っても高くてせいぜい七、八階建てだろう。だから青い空を広い視野でとらえることができる。建物も旧ソビエトの影響なのか、全体に淡い色合いやくすんだものが多い。唯一この界隈《かいわい》で派手に見えるのは、広場の北東に建つ三角屋根を持った時計塔くらいだろう。高さ五メートル以上はある時計塔で、それ自体が巨大な広告塔になっている。四面に飾られている広告写真のひとつは、モンゴル出身の力士がにこやかに笑っている銀行の広告だった。

さらには広場を行き交う人の少なさも、余計にその広さを感じさせているのかもしれなかった。

北側の一角には移動式のバスケットゴールが設置されていて、高校生くらいの少年たちがストリートバスケに興じている。それを眺めている同世代の少年少女たち。着ている服は日本の少年少女と大して変わらなく見える。しゃがみ込んで応援している少女たちのTシャツは短く、後ろがベロリと腰骨の辺りまで剝《む》き出しになっていた。他には日本人と見られる観光客が十数人。あとは所在なげに煙草を吸いながらたむろしているモンゴル人がポツポツいる程度だった。

広場の中央には四角い大きな石碑があって、その上には馬に乗った兵士の銅像。モンゴル独立の英雄スフバートルの像である。左手で手綱《たづな》を握り、突き出した右手は空から降ってくる星を拾おうかとしているようにも見える。台座にはこう刻まれていた。『我らが心と力を団結し、ひとつの目的に向かい行動するならば、辿り着けない場所はない。知り得ないこと、不可能というものは何ひとつとしてない。至福を得てしかるべきことは、ただ我らの強靱《きょうじん》な意志のみが知る』と。いかにも英雄の残した名言である。

そのスフバートル像を眺めてから振り返ると、そこには高さ二メートルほどの白いトタン板で広範囲に囲まれた一角があり、その辺のビルよりも背の高そうなクレーン車が金属アームを伸ばし、ゆっくりと軋《きし》んだ音を立てながらロープで縛った鉄材を運んでいた。中からはトンテンチンカンと、いささか間の抜けた村の鍛冶《かじ》屋のような音がしている。そのトタン板の壁の小さな穴に目を押し当て、中を覗いている男が二人。裕次郎とヒロシであった。

「見えるぞ、あれがチンギス・ハーンの像だな。真ん中の玉座に座ってるよ。でけぇなー。ほら、トミーも見てみろよ」

そう言って壁の穴から目を離し、裕次郎が手を振って誘った。

「どれどれ」

今度は入れ替わって、中村がその穴に目を当てた。

「あー、見えるよ。フビライハンとオゴディハンもいる。でも、前の方に何重にも組まれたパイプが邪魔だよね」

「そうなんですよ」

後ろに立って煙草をふかしていた武藤が、吸殻《すいがら》をポケット灰皿に突っ込みながら近付いてくる。

「補修工事をしているんですが、どうも観光客のことは後回しでしてね。だいたいこの建物だって、完成は大幅に遅れたんです。本来は建国八〇〇年の記念すべき年である二〇〇六年に、三大ハーンの像を華々しく公開するという方針だったのに、完成したのはそれがとうに過ぎてからでした。間に合うようにと逆算して工事を始めたはずなんですがね。どうにも国民性といいますか、車の運転以外は焦らないみたいでして。まぁ、夏の国民的大祭であるナーダムの時期だけは覆《おお》いをはずすんですけどね」

武藤は申し訳なさそうに言った。

「まぁ、これが目的で来たわけじゃないですから、あまり気にしないでください」

中村が穴から目を離し、振り返った。視線の先には通訳のアノンがいて、また携帯電話で話し込んでいるのが見えた。どうやら仕事の話らしくて時折声高になるのだが、その声がまるでケンカ腰に聞こえ、中村は眉をひそめた。とはいえ決してケンカをしているのではないことを、中村は武藤から教わった。モンゴル語の会話は破裂音が多くて、早口になるとどうしてもケンカしているように日本人の耳には聞こえてしまうのだという。そんな武藤も会話は苦手で、相手の言っている意味はわかるのだが、話すのはいつまでたっても日常会話レベル止まりだと頭をかいていた。

「それにしてもいい天気だなぁ」

裕次郎が呟き、両手を青空に力強く突き上げた。

「ああ、本当だね」

中村もつられて大きく背伸びをした。車が激しく行き交う街中だというのに、体内に取り込まれる空気は濃厚で澄んでいた。よっぽど酸素の濃い国に違いないというのが、中村の実感であった。

モンゴル滞在二日目を迎えた一行は、ホテルを出た後、まずは街を見下ろす高台にあるザイサン・トルゴイという所へ向かった。武藤が組んだスケジュール通りの観光だった。その次は自然史博物館で恐竜の卵の化石などを見て、ちょうど昼。昼食は武藤の友人の日本人が経営しているレストランに入った。経営者の妻がモンゴル人とあって、そこではモンゴルの家庭料理がメニューの中心だったが、日本人向けになんと丼物も用意されていた。したがって裕次郎とヒロシはお勧め料理である羊のレバー炒め、ホーショールと呼ばれる羊肉の揚げギョーザ、さらに羊肉のスペアリブと羊三昧《ざんまい》を堪能した後、とどめとばかりにカツ丼を注文した。モンゴルのカツ丼は御飯に中国の長粒米を使用しているためいささかパサついた感じではあったが、上に乗っかっているのはまさしく正真正銘の玉子とじトンカツで、大食漢二人の胃袋を満足させるのに十分すぎるほどであった。

なにはともあれそうして昼食を取った一行は腹ごなしも兼ね、すぐ近くにあるスフバートル広場まで歩いてやってきていたのであった。ドライバーのダワァンは先回りして、広場の片隅にワゴン車を止めている。この後は今回の中村の旅の目的のひとつであるチンギス・ハーンの謎に迫るため、モンゴル国立民族歴史博物館に向かうことになっている。とはいえ、ただ普通に見学するのではない。館内のチンギス・ハーンコーナーを担当している専門学芸員に質問をし、答えてもらう手筈《てはず》になっていた。もちろんその手筈はコーディネーターである武藤が事前に整えてくれていた。もっとも大掛かりな調査であればモンゴル政府の担当機関に対しての小難しい申請が必要で、しかも何日も待たされた上に袖の下を要求されたりするそうなのであるが、こちらは単なる一介の歴史ファンである。てっとり早く博物館の実権を握る役人に、撮影代と称して金銭を渡せば済むというのである。その額は三〇〇〇〇トゥグリク。トゥグリクはモンゴルの貨幣単位で、一〇〇トゥグリクが日本円で約一〇円になる。つまりは一〇分の一だと思えばいい。したがって金額にして、たったの三〇〇〇円でしかない。それでも平均月収が一万数千円程度と言われているモンゴルで、三〇〇〇円の価値は日本の比ではない。他の撮影禁止の施設や寺院でも、だいたい二〇〇〇〇トゥグリク渡すとOKが出るという話であった。

　そんなわけで中村ら一行はスフバートル広場を腹ごなしに歩いた後、ダワァンの待つワゴン車に乗り込んだ。車での移動と言っても、大した距離ではない。歩いてもほんの数分しかないのだが、日本人と見ると寄ってくる物売りを避けるための武藤の配慮であった。

すぐにモンゴル国立民族歴史博物館正面の駐車場に到着し、車で待つダワァンを置いて五人は建物の前に立った。建物は四角い石の箱を連想させる造りで、正面右上部の壁には馬に乗った兵士らしき姿が浮き彫りにされていた。先ほど広場で見た英雄像によく似ているので、おそらくスフバートルとかいう人物なのだろう。そんなことを考えながら、中村は時折焦点の合わなくなる目で壁を見上げていた。すでに鼓動は激しくなりつつある。かねてより一度行ってみたいと思っていた場所のひとつにこれから足を踏み入れるわけである。興奮しない方がおかしいのだ。

入場手続きを済ませたアノンから日本の地下鉄の切符を思わせる小さなチケットを渡され、中村は無言で中に入り武藤の後に続いた。矢印の順路通りに一行は進んでいく。最初は自然史のコーナーで原始時代のモンゴルの様子。続いて古代の石器群と展示コーナーは続いた。しかし中村は上の空のまま、依然として焦点の合わぬ目で、それらの展示物を眺めていた。

しばらくして一行は階段を上り、二階に進んだ。二階フロアの床を踏んだ瞬間、それまでぼやけていた中村のピントが、一角でまばゆく輝く金色の物体にピタリと合った。立ち止まり、その姿をじっくりととらえる。それはこれまた金色に輝く玉座に鎮座します、黄金のチンギス・ハーン像であった。上下から照明が当たってキンキラキンに光り輝く様は成金趣味に見えなくもないが、そんなことを感じている暇もないほど、瞬時に熱いものがドワドワと胸に込み上げてくる。中村は興奮を抑えきれず、鼻息も荒く地団太《じだんだ》を踏むようにしてフロア内を右往左往しだした。そここそが念願のチンギス・ハーンコーナーだったのである。フロアの角の位置には黄金のチンギス・ハーン像。大柄な人物だったと伝えられているが、たしかに肉厚のプロレスラーのようなたくましい姿である。その割に撫《な》で肩なのは気になるが、立ち上がれば二メートルはありそうだった。もっとも等身大ということはないだろう。その左には遺跡から発掘された鉄器類や陶器片の数々が、壁面を覆うガラス張りの陳列ケースいっぱいに展示されている。さらに右には、チンギス・ハーンを知る上で欠かせない一級史料である『元朝秘史』の実物が、ページを開いたまま展示されているのである。これを見ただけでも来た甲斐《かい》があったと、中村は激しく胸を打ち震わせているのであった。

元朝秘史はチンギス・ハーンの時代からおよそ一〇〇年後に書かれたと言われている歴史書で、原題をそのまま訳すと『モンゴルの秘密の歴史』ということになる。全十巻と続編二巻で、チンギスから第二代のオゴディまでの伝説・史実を記述した史書であり、著者は不明である。モンゴルについて書かれた史料は極めて少なく、この元朝秘史とイランに君臨したモンゴル政権の宰相《さいしょう》ラシード・アッディーンが編纂《へんさん》した『集史』の二つぐらいしかないのだ。

開かれているページには元朝秘史巻一と記されている。縦に漢字で綴《つづ》られている文章で、その文章の横にさらにはみ出した形で漢字が並んでいる。最初の一行の横には皇帝的とか根源とか書かれている。ざっと見て本文の漢字には日本で使われていない字も多くてなかなか読めないが、知っている漢字と横に訳された漢字を合わせると、意味のわかる部分もいくつかある。例えば成吉思の部分の横には当然のごとく名と記されているし、赤那という部分には横に狼《おおかみ》と記されている。他にも読めない字の横には河名や山名などと記されているので、それがいわゆる地名だというふうに理解できる。これは一般的に漢字音写モンゴル語と言われている文章で、明《みん》の洪武帝《こうぶてい》の時に作られたと伝えられている。

この漢字音写モンゴル語が直接スラスラと読めたらな……と、中村は強く思った。マニアなら誰しもそう思うことだろう。さらに漢字音写される前の、いわゆる原本と呼ばれている物も読んでみたかった。もっとも残念ながらそれは現存していない。いくつかの説があるが、原本はおそらくウイグル式モンゴル文字で書かれていたであろうというのが有力な説ではあった。この元朝秘史はもちろん日本語訳もされてはいる。しかしそれはあくまでこの漢字音写されたものが日本語訳されているのだ。原本そのものが放つ気配や言外のニュアンス等が、薄まってしまっていることは否めないだろう。とはいえもし原本があったとしても、それを解読するのは超がいくつも付くほど難しい話であるらしい。実際この漢字音写モンゴル語版があったからこそ解読ができたと言われていて、もしウイグル式モンゴル語版しかなかったら、原文の解読は困難を極めただろうと指摘する学者も多い。

うーむ、と唸りながらガラスの壁に汗ばんだ額を当てていると、アノンが足早に近付いてきて肩を叩いた。

「中村さん、学芸員が来ました」

「は、はい」

中村が振り返って見ると、見下ろす位置にふくよかな女性の顔があった。背丈《せたけ》はアノンとほぼ同じくらいの小柄な女性で、年齢はまだ三十代そこそこにしか見えない。学芸員らしく紺色のスーツ姿で、白いブラウスを着ている。学芸員は腕時計の針を指先で指し示しながらアノンと二言三言交わすと、大きく頷いて視線を上げた。愛嬌《あいきよう》のある二重瞼《ふたえまぶた》の下の目は、どんな質問をされるのかといった不安の色を奥に隠しているように見えた。

「チンギスコーナーの専門学芸員でスンジドマーさんです。時間は一〇分程度と言われてきたそうですので、どうぞ質問をしてくださいと言っています」

通訳のアノンが二人の間に立った。その後ろに武藤とヒロシ。裕次郎は興味があるのか無いのか、こちらには背中を向けたまま、一人腕組みしてチンギス・ハーン像をじっと眺めている。

「では、さっそく」

中村は乾いた唇を舐めた。モンゴルの研究者の立場や国民性を考えて、まずは当たり障《さわ》りのない質問から繰り出すことにしていた。なにせチンギス・ハーンはモンゴルの最高にして最大の英雄なのである。いきなりそんな英雄の日本人説をぶつけたりしたら、モンゴルの人は不快な思いをするに違いないとの配慮からだった。

「最初にうかがいます。なぜ、チンギス・ハーンは強かったのでしょうか」

中村の質問をアノンが通訳する。スンジドマー女史は目を輝かせながら、ケンカ腰かと思わせるような速さで答えを返してくる。それをアノンは、ほとんど同時に通訳して中村に聞かせる。それだけで何か急《せ》かされているような気がして、中村は落ち着かなかった。

「チンギス・ハーンには、元々強くなる素養がありました。それにその当時のさまざまな背景が、彼をここまで強くしたと言えるでしょう」

まったく答えになっていないような気がしたが、温厚な中村は相手の気分を害さないように、もっともらしくフンフンと頷いた。ここはとにかく質問を続けるべきだろうと、中村は頷きながら判断したのだ。

「チンギス・ハーンの、それまでになかった戦い方の特徴はどんな点でしょうか」

「一番の特徴は情報戦でしょう。たとえばスパイを使って情報を掌握したり、逆の情報を流して敵を欺《あざむ》いたりしました。これはそれまでになかった新しい戦術です。彼はどんどん新しい戦術を導入したのです」

中村にとっては予想通りの答えではあったが、ここはあえてフーンフーンと大げさに感心してみせた。そしてそろそろ核心に触れる質問をせねばと、少しばかり気を昂《たか》ぶらせた。なにせ質問時間は限られている。

「あのう、日本ではチンギス・ハーンについて色々とエピソードが伝わっています。たとえばチンギス・ハーンは緑茶を好んだと言われていますが、本当でしょうか」

スンジドマー女史はアノンの訳を聞くと、オーッと一声発した後、丸い目をクルクルとさせた。

「それは初めて聞きました。日本には、なんともおもしろい話が伝わっているものですね。いったい誰が見たのでしょうか。彼が馬乳酒を好んだことは広く知られていますが、緑茶はどうでしょうねぇ」

そう言ってスンジドマー女史は微《かす》かに笑い声を上げた。その声が中村の心に遠慮なく突き刺さる。義経＝チンギス・ハーン説、いきなり暗礁《あんしょう》に乗り上げるの巻、と呟きたくなる。しかし、そこはなんとか気を取り直して、中村は質問を続けた。

「チンギス・ハーンは九という数字を好んだそうですね。即位した時にも九本の白旗を掲げたりしたとか。この九という数字の意味は何でしょうか」

「おお、たしかにチンギス・ハーンの周りには九という数字がたくさん出てきます。これは完全な数字なのです。モンゴルでの考え方としては、一と二は数ではありません。三になって初めて安定した数になるのです。そしてその三が三つ集まった完全な数字が九なのです。したがってモンゴルの人々は、今でも九という数字を大切にしています」

早口に訳される言葉の意味を考えていた中村だったが、これも質問の答えにはなっていないような気だけはしていた。チンギス・ハーンとの結びつきに関しては、まったく言及されていない。やはり通訳を介してミステリーに挑むのは無理があるのだろうか。中村は次第にじれったさを感じだしていた。

「あのさ」

いきなり裕次郎が口を挟んできた。いつの間にかアノンの反対側に来て、二人の問答を聞いていたようだった。

「チンギス・ハーンの時代に、モンゴルと日本との交易はあったのかな」

突然何よ、この男はといった表情で、スンジドマー女史は背伸びするような恰好をしつつ裕次郎を見上げた。裕次郎は見下ろす形で微笑みかけた。その瞬間、明らかにスンジドマー女史の表情が和《やわ》らいだように中村は感じた。なんとなく丸い黒目さえハート形になったような気がする。甘いマスクというのは、どうやら万国共通なのだろう。それに元々モンゴル人と日本人はルーツが一緒という説もある。蒙古斑《もうこはん》の例を挙げるまでのこともなく、顔立ちを見れば一目瞭然《りょうぜん》の気がしてくる。好まれる体格というのもあるのかもしれないが、こと顔の造りの美醜《びしゅう》は日蒙一致するようだった。スンジドマー女史はしばらく裕次郎の顔を夢でも見ているかのようにうっとりと眺めた後、これではいけないと研究者の理性が働きだしたのか、突然我に返ったように早口でまくしたてた。横に立つアノンも驚異的な早口で、ほぼ同時通訳に挑んでいる。どうやらこの国は、女性にも負けず嫌いが多そうに思えた。

「いい質問ですね。最近の研究ですが、チンギス・ハーンの時代には、中央アジアから遠くはアメリカやオーストラリアまで交易が行われていたようなのです。日本は大陸から近い国ですし、すでに中国が唐《とう》や宋《そう》だった時代に行き来していたわけですから、ルートは出来上がっていたと思われます。ですから可能性は充分ありますすね」

通訳し終えたアノンの呼吸は荒かった。そしてスンジドマー女史も、なぜか鼻息を荒くしていたが、それはまったく別の理由からだろう。

すでに約束の一〇分は過ぎていた。先にした質問の答えで軽い脱力感を覚えていた中村は、そろそろ潮時と思い丁寧に礼を言った。アノンがほぼ同時通訳をすると、スンジドマー女史は腕時計をちらりと見やった後、いいえ、どういたしまして的なことを言って、その場を離れて行った。名残《なごり》惜しそうに、何度も裕次郎を振り返りながら。

「収穫はあったか」

裕次郎の問い掛けに、中村はガックリと肩を落とした。

「聞いての通り。緑茶を好んだっていうのは違うみたいだし、九の数字の意味はわかったようで、よくわからないし。とりあえず九郎ではないらしいと」

「なーんだ、もう諦めたのかよ」

「だって」

中村がため息をつくと、裕次郎は低く笑いだした。

「だらしねぇな。たしかに九という数字を九郎判官義経に結びつけるのは強引すぎるけど、新しい戦術を導入したなんて話は義経らしくなかったか。それに交易はあったみてぇだから、そこから少し光だって射してこねぇかなぁ」

「裕ちゃん」

中村は顔を上げた。

「物事は考えようだろう。少なくとも〇パーセントじゃないんだしよ。なんたってこの国のチンギス・ハーン研究は、もしかしたら日本よりも遅れてるのかもしれないしな。だってアノンちゃんが言ってたじゃねぇか、学校で教わりだしたのも数年前からだって。つまりこの国の研究者だって、まともに研究しだしたのはここ数年ってとこだろう。それじゃまだ解明途中どころか、入り口に立ったばかりじゃねぇのかな」

「たしかに……そうかもしれない」

中村は顔をほころばせた。

「とりあえず、これからの旅に賭けてみようぜ。チンギス・ハーンの縁《ゆかり》の地を見に行くんだろう」

「そ、そうだね。うん」

力強く頷いた中村に笑いかけながら、裕次郎は右手の人差し指で鼻の頭をかきだした。

「ところでよ、俺、ちょっと気付いたことがあるんだけど、訊《き》いていいか」

「ん……いいよ、なに」

「あのよ、俺、平泉の高舘にある義経堂の義経像を見たことあるんだけど、このチンギス・ハーン像と比べると似ているのは鼻の下のヒゲだけだなぁ。それと目尻が少し吊り上がったところもか」

「うん。まぁ、どちらも本人を見て作ったわけじゃないからね」

「うむ、そりゃそうだ。ただなぁ、義経は小柄だったって聞いたことがあるんだけど、やっぱりチンギス・ハーンてのは大柄だよな」

「なんだ、そのこと」

中村はニヤリと笑って、話を続けた。

「それにはこういう言い伝えもあってね。チンギス・ハーンは死んだ時に縮んだ、って言うんだよね」

「ほう、それって極端な死後硬直……って訳じゃねぇだろうから……つまり、あれか。シークレットブーツみてぇなのを履《は》いてて背を大きく見せてたのが、亡くなったことで脱《ぬ》がされたってことか」

「さすが、裕ちゃんは鋭い。まぁ、そういうふうに取れるってこと。他にも押しの強そうな大柄な男を自分の身代わりにして、自分はその影で操っていたという説もあるよ」

「へー、なるほどな。でもよ、俺、この黄金の像を見ていて思ったんだけどさ、チンギス・ハーンがもし弁慶だったら、そんな面倒なことしなくていいよな。それに二人ってどこかしら似てなくないか。まぁ、俺も本人に会ったことはねぇからイメージだけどよ」

「チンギス・ハーンが……弁慶……」

「おう。だって弁慶って頭良かったんだろう。腕っ節の強さばかり伝わっているけど、勧進帳とかの機転も利いているしさ、それに常に義経の側にいて戦のことも熟知してたろうしさ」

「あっ」

中村は絶句した。一瞬背筋に微弱な電流のようなものが流れた。今まで義経の添え物のようにしか考えていなかった武蔵坊弁慶の存在。なぜ考え付かなかったのだろうか、弁慶＝チンギス・ハーン説。決して笑い話ではない。有り得る話ではないのか。中村は慌てて振り返った。目の前には玉座に座った黄金のチンギス・ハーン像。その肉厚な顔がなんとなく武蔵坊弁慶に思えてきて、中村はかすかに身震いした。

チンギス・ハーン八〇〇年目の帰還

モンゴル国立民族歴史博物館を後にして約五〇分。一行を乗せたワゴン車は、郊外の小高い丘陵《きゅうりょう》を弾《はず》むように走っていた。舗装路はとうに途切れ、平らな草原に幾筋も記されたタイヤ痕を追いかけるようにして進んで行く。沿道には丈の短い草がどこまでも続き、時折白いゲルがポツリポツリと姿を現す。

「あの丘の向こうが会場です」

道端に赤い矢印の書かれた立て看板を見つけ、助手席に座った武藤が指差した。

「おおーっ」

まだ何も見えていないうちから裕次郎とヒロシは声を上げた。

一行が向かっているのは、ウランバートルから五〇キロほど離れた草原である。そこではモンゴル建国八〇〇周年の年に当たる二〇〇六年から、毎年夏に騎馬隊のイベントが行われている。『チンギス・ハーン八〇〇年目の帰還』と題されたそのショーは、チンギス・ハーン騎馬隊の華麗な雄姿《ゆうし》を再現して見せるもので、一大歴史スペクタクルショーとして世界中の観光客を喜ばせていた。二時間にもわたるショーでは、広大な草原を背景に、一三世紀の兵法や戦術を物語として見せる。もちろん装束《しょうぞく》も当時のままに再現している。出演する騎馬の総数は五〇〇騎。しかも騎馬軍はモンゴル国防省の全面協力のもと、すべて現役の軍人で構成されている。二ヶ月間続くこのイベントは、そのままモンゴル軍の演習も兼ねているのだ。こうなると中村ら一行の期待も当然高まってくるわけである。

ゲルが三つ、道標《みちしるべ》のように並んだカーブを過ぎると、白木で組まれた火《ひ》の見櫓《みやぐら》のようなものがいくつか丘の上に見えてきた。櫓の上には色の付いた旗が何本もたなびいている。その色は櫓ごとに違うようで、白旗に黄旗、赤旗と緑旗も見えている。

緩《ゆる》やかな斜面を登って行くと、やがて左手の先に広がる平原に、何台もの車がこちらを向いて止まっているのが見えてきた。イベント会場の駐車場なのだろう。ほとんどがワゴン車かジープタイプの車だ。到着したばかりの車から降りた観光客が、辺りをキョロキョロと眺めながら、次々と会場入り口のゲートに向かって歩いていく。一行を乗せたワゴン車もスピードを落とし、道を横切る観光客の波を縫うようにして駐車場に潜《もぐ》り込んで行った。

「さぁ、着きましたよ」

「よし」

スライドドアが開けられるのも待ちきれない様子の裕次郎を制して、白いディパックを背負《せお》ったヒロシが勢いよく飛び出して行った。すぐに中腰で周りの様子を窺《うかが》う。これも体に染み付いたタマヨヶの習性である。

「大丈夫っす」

「当たり前だ、ここはモンゴルなんだからよ」

「でも、今朝のようなこともあるっすから」

「えっ、何かあったの」

耳ざとい中村が口を挟んできた。

「あーん、何でもねぇよ。犬の糞を踏みそうになっただけだ。なぁ」

裕次郎はヒロシに目配せした。朝の一件は中村には話していない。

「へっ、へい」

地面に降り立った裕次郎は、誤魔化すかのようにライオンの雄叫《おたけ》びのような声を上げて背伸びをした。

「うーん、乾いた草の匂いと……ん、ジンギスカン鍋の匂いがするぞ」

「まさか」

裕次郎の横に立った中村は鼻の穴を広げてヒクヒクとさせた。

「あっ、本当」

たしかに草原の風に乗って流れてくるのはジンギスカン料理の匂いだった。

「なっ、そうだろう。ジンギスカン屋の匂いだ。しかし、なんでまたこんな所で」

車から降りるなり煙草に火を点けた武藤が、うまそうに煙を吐き出しながら近付いてくる。

「日本の業者が日本人観光客向けにジンギスカン料理の店を出しているんですよ。商魂たくましいと言いましょうか、ここでやらなくてもいいと思うんですがね」

「マジかよ。なんか興ざめだな」

「まぁ、他にも色々ありますから。騎馬隊のショーが行われるのは、ゲートをくぐって一番奥の観覧席が組まれた草原です。そこまでの道の両側はオアシス・バザールと名付けられていて出店が軒《のき》を連《つら》ねてますし、途中にはイベント・ステージもあって、民族舞踊のショーなどが行われています。ほら、今聞こえているのはオルティン・ドーです」

武藤に言われて耳を澄ますと、風にそよぐような朗々とした女性の歌声が遠くに聞こえている。

「オルティン・ドーって？」

中村が訊《たず》ねると、武藤はうれしそうに煙を吐き出しながら答えた。

「オルティン・ドーはモンゴル民謡のひとつで長唄です。モンゴルの歌と言えば、一人が一度に二つの音を発するホーミーを真っ先に思い浮かべるでしょうけど、他にも色々あるんですよ。たとえば短い歌のボギン・ドーに、中くらいの長さのベスレッグ・ドー。日本人は珍しがってホーミーばかり聞きたがりますが、私はこのオルティン・ドーの方が好きですね。ホーミーが草原を弾んでいくような歌なのに対して、オルティン・ドーの方は草原を低く覆い、静かに染み渡っていくような感じがするんです。まぁ、好みの問題なんでしょうけどね」

「なるほど。たしかにジワジワと胸に染み渡ってくる感じがします」

中村が生真面目な顔で頷くと、武藤は満足げに微笑んだ。

「ハーイ、行きますよぉー」

チケット売り場から駆け足で戻ってきたアノンが、草原にできたいくつもの轍《わだち》の向こう側で手を振っている。真っ先に歩きだしたのはダワァンだった。

「おっ、今度はダワァンも一緒だな」

足早に歩きだした裕次郎は、すぐにダワァンと並んで肩を組んだ。

「ゴッツァンデス」

ダワァンは肉厚の顔に子供のような笑みを浮かべて、裕次郎の肩に腕を回した。その後ろに中村と武藤が並んで続いた。

「ダワァンはやけにうれしそうですね」

中村が言うと、武藤は苦笑いを浮かべながら、煙草の吸殻を四角いポケット灰皿に突っ込んだ。

「ダワァンは騎馬隊のショーを見るのが初めてなんですよ」

「えっ、観光案内で何度も来てるんじゃないんですか」

「いいえ。実は先週まで彼は別な事務所と契約してドライバーをしていたんですが、条件面で色々ありましてね。稼《かせ》ぎにはなるらしいんですが、扱いがひどかったらしくて、それでウチに移って来たんです。ウチは見た通りアットホームで、ドライバーもお客様と一緒に食事を取りますし、場所によっては観光地も一緒に歩きますしね。私らそれまでも時々単発で彼に小規模ツアーの運転を頼んでいまして、腕のいいのは知ってたもんですからウチに来るのは大歓迎なんですよ」

「なるほど」

「それにダワァンに限らずモンゴルの男性だったら、子供からお年寄りまで、みんな騎馬隊のショーは見たいと思いますよ。騎馬隊はモンゴルの男の子の憧れですから」

「そうなんですか」

ダワァンの足取りは弾んでいる。裕次郎と肩を組んだ蟹《かに》の甲羅《こうら》のような広い背中も、全体で笑っているように感じられた。

「だけど、料金が高すぎます。お客様を前にしてこんな話もなんですがね」

「えっ」

すべて業者に任せっきりの中村は、考えてみれば入場料金さえ知らなかったのだ。

「売り場に書かれている料金表を見ればわかりますけど、外国人は六五ドルで日本円にすると約七五〇〇円。これはモンゴルではべらぼうに高い料金です。それでも日本人はなんとも思わず入場します。そして実はモンゴル人料金というのもあって、これは一〇ドル。一一五〇円ちょっとですから、日本人ならチップ程度の気分でしかないでしょう。それでも一般的なモンゴル人にとっては、けっこう大きな金額なんですよね」

「そんなに差があったなんて……なんか逆に日本人として腹が立ちますね。いいように吹っかけられている気分で」

「でしょう。この国はどこに行ってもそうなんです。お寺の拝観料も、ツーリストキャンプの入場料も。何から何まで、外国人からいっぱい頂く。すべて政府の方針なんです。でも私はこれからの観光立国を標榜《ひょうぼう》するのなら、まずこの考えから改めるべきだと思うんですけどね」

武藤の口調は次第に熱を帯《お》びてきた。もう少し語らせていれば、アジ演説のようにでもなりそうである。

「早く来いよ、まるでお祭りだぜ」

ダワァンと肩を組んだまま、裕次郎が振り返って叫んだ。二人はとっくに入場ゲートをくぐって、一番手前に対となって立っている櫓の右側の方の足元にいる。角材で組まれた櫓の足元には大きな四角い看板が取り付けられていて、そこにはWelcome to Mongoliaと、太字でテカデカと書かれていた。道を挟むようにして立つ左手の櫓の下にはチンギス・ハーンのイラストが描かれた看板があって、ヒロシがアノンに頼んで携帯電話のカメラで自分の姿を撮ってもらっているところだった。そしてその櫓の向こうには、出店が道を挟むようにして連なっている。陳列棚から屋根まで、すべて木で作られた出店だ。店先には記念のTシャツや帽子が吊るされ、外国人観光客があれこれと品定めをしている。フェルトのスリッパやポシェットを並べた店、馬頭琴《ばとうきん》などの楽器、さらには当然レプリカなのだろうが武器の類《たぐい》まで売っている店もあった。売り子の呼び声も英語にロシア語、もちろん日本語もあって実に賑やかである。さらには先ほどまで聞こえていたオルティン・ドーの朗々とした女性の歌声に代わって、男性の二つの声が重なるようなハーモニーを奏でだしていた。日本でもよく知られているホーミーの響きだった。

「ちょっと買い物してぇんだけど、いいかい」

裕次郎がダワァンの肩に回した手をはずしながら言った。武藤は近付きながら、ブルゾンの袖をまくって腕時計を眺めた。

「騎馬隊のショーが始まるまで、まだ一時間もあります。そうですね、ここなら迷うこともないでしょうから、三〇分後にイベント・ステージの向かいにある喫茶コーナーに集まりましょう。スーテーツァイでも飲みながら一服ということで」

「いいねぇ。なんだか知らねぇけど」

武藤は苦笑いしながら続けた。

「この場内では円もドルも使えますが、お釣りはトゥグリクのみになります。まぁ、買い物しながら両替したと思えばいいでしょう」

「了解」

そう言うなり裕次郎は、まるで子供のように人込みの中に飛び込んで行った。離れてなるまじと、慌ててヒロシがその後を追った。

三〇分後、一行六人は喫茶コーナーの一角に陣取っていた。コーナーとは言っても、一軒の独立した店である。ログハウスのような造りをした平屋の建物で、屋根はあるのだが壁はなく、時折草原を浮き上がるように走ってくる風が、客の頰やうなじをくすぐる。

店の中には八人掛けのテーブルが七つあって、入り口とは反対の奥まった側一面がカウンターになっていた。客の数は中村たちを合わせて二〇人ほど。混雑時は過ぎたとみえて、従業員らはカウンターの向こうでにこやかに談笑している。もっとも混雑時でもこんな調子なのかもしれないが。

道を挟んだ向かい側は、白木の板が張られたイベント・ステージである。広さはバレーボールのコート半面ほどだ。正面の右手には木の小屋があって、そこに音響係や進行役が詰めているようだ。時折小窓から顔を覗かせて、客席の反応を窺っている。ステージの真後ろには大型のゲルが隣接して建てられていて、そこが出演者の楽屋になっているようだった。

最前列に立ち並ぶ観客のほとんどが大柄な西洋人のため、本来は腰の高さほどあるステージが、やたらと低く感じられる。観客とステージとの間隔はまったくない。観客の中には演者と向かい合うような形でカメラを構えている金髪のオヤジもいた。そのステージ上では馬頭琴や馬頭ベースといった民族楽器の調べに乗り、モンゴルの民族衣装であるデールを着た身軽そうな若い男が、手を広げ鳥のような動きを見せながら何度も何度も高く跳びはねていた。

「来ましたよ」

武藤の声に中村が振り向くと、日本人の少女と見紛う顔立ちのウエイトレスが、銀色のトレイに黒いカップを並べて運んできたところだった。

「ほお、これがスーテーツァイか」

裕次郎は目の前に置かれたカップを覗き込んだ。白い飲み物で、うっすらと湯気が立っている。

「どれ、いただきまーす……うむ、少ししょっぱいぞ。これは、塩味のミルクティーだな」

「そう、その通りです。スーテーツァイはモンゴルではとてもポピュラーな飲み物で、朝も昼も夜もこれを飲みます」

アノンがにこやかな笑みを浮かべたままカップに手を伸ばした。

「どれどれ」

中村とヒロシもカップに口をつけた。

「うん、たしかに。けっこういける」

「うまいっす。体が温まるっす」

しょっぱさと甘さが微妙に絡み合って、飲む者を穏やかな気分にさせてくれる。まさに日本で言うところの一服タイムにピッタリの飲み物だった。

「ところで裕ちゃん、何を買ったの」

「えっ、俺か」

へへへっ、と笑いながら、裕次郎は傍らに置いていたビニール袋を広げた。

「ジャーン。まず、これが女房に頼まれたモンゴル岩塩」

裕次郎はピンク色したレンガのような四角い塊《かたまり》と、ピンク色の顆粒《かりゅう》がパンパンに入った密封用のビニールの小袋をテーブルに置いた。

「これが噂に聞くモンゴル岩塩なの？」

中村はピンク色した四角い塊をつかんで持ち上げた。

「けっこう重いじゃない」

「だろう。料理に良し、エステにも使えるとか言ってよ、なんだか日本じゃ女性に人気らしくてな。絶対買ってこいって言われてよ。そうそう、マイナスイオンがどうとか言ってたな。もっと高いのかと思ってたら、その塊が七〇〇円で、小袋に入ったのは二〇〇円だったかな。どう、この値段」

「高〜い」

即座にアノンがしかめっ面《つら》をしながら答えた。

「えっ、高いの、これで」

「まぁ、観光地値段ですから、妥当《だとう》なところでしょうね。ウランバートルでもっと安くて良質の物を売っている所を知っていますから、なんなら帰国前日に御案内しますよ。予定では国民デパートにお連れすることになっていますので、その近くのザハ、あっ、ザハというのは市場のことですけどね、そこでよければ」

武藤が煙草の煙を吐き出しながら言った。

「なら、お願いしよう。えっと、それからこれが」

そう言って裕次郎はチンギス・ハーンのイラストが描かれたトランプを二セットと小さなゲルの置物、さらにイベントの記念Tシャツを三枚取り出した。色は白と紺と赤で、どれも胸にチンギス・ハーンの肖像画と八〇〇という数字がプリントされていた。

「オー、チンギス」

ダワァンが肖像画を指差し微笑んだ。

「イエース、チンギス。ゴッツァンデス」

裕次郎がおどけて拝むようなポーズを取ると、ダワァンも真似《まね》をした。

「早々とお土産《みやげ》こんなに買っちゃって。明日から草原の旅に出るんだから、ウランバートルに戻ってきてからでもいいのに」

　中村が忠告すると、裕次郎は唇を突き出すようにして言い返した。

「いや、頼まれたものは先に揃えておきてぇからよ。それにトランプは一つが娘へのお土産で、もう一つは俺たち用。ほら、ゲルの中で暇だったら遊ぼうと思ってよ。なぁ、ヒロシ、遊び道具は必要だよな」

「へい。すみません、中村さん。実はオレも買っちゃったっす」

　そう言ってヒロシはディパックの中に手を突っ込み、裕次郎の物と同じ柄のトランプとフェルトのスリッパ、さらに革製の筆入れと身の丈一五センチほどのチンギス・ハーンの置物までテーブルに並べた。

「オー、チンギス」

「イエース、ゴッツァンデス」

　今度はヒロシも加わり、三人でその置物を拝みだした。

「まったくもう……」

　呆れる中村の横で、アノンは必死に笑いをこらえている。武藤も苦笑いしながら、震える手で煙草を灰皿に押し当て立ち上がった。

「さぁ、そろそろ騎馬隊のショーを見に行きますか。自由席なので、いい席は早い者勝ちです」

その一言で、五人は一斉に腰を上げた。

観客席のスタンドは横並びに四棟もあった。どれも同じ木製の雛壇《ひなだん》式のスタンドだが、それぞれの屋根には赤、白、緑、黄色の旗が掲げられ、バタバタと風になびいている。観客は好きな色のスタンドの、好きな場所に座っていいことになっている。一つのスタンドに七〇〇人強収容できるということだから、全部で約三〇〇〇人を収容することができる。開始五分前の時点で、すでに客席は七割方埋まっていた。

中村らの一行は奥から数えて三番目にある緑の旗が掲げられたスタンドの、前から二列目と三列目に陣取った。二列目が中村ら日本からの客三人。三列目に武藤らモンゴル勢三人という並びである。最前列は二〇人ほどのロシアから来たという年配者のグループが占め、金髪や茶髪の中年女性らが何ごとか大声で言い合って笑い声を上げている。どこの国でもオバさんパワーは一緒のようだった。

「すげぇなぁ。なんだかドキドキしてきたぜ」

「オ、オレもっす」

裕次郎とヒロシは身震いしながら、遠くを眺めている。中村も目の上に手のひらをかざして、遠くを見やった。

眼前には幾分赤茶けた大地が、はるか彼方まで広がっている。おそらく幾度となく馬に踏みつけられたのだろう。草が生えている場所は少なく、草原というよりは砂漠に近い。一キロメートルほど先は小高い丘になっていて、その先の様子はわからない。ただその稜線が、どこまでも広がる青い空に接している。小高い丘の手前には、木で組まれた櫓がほぼ等間隔に四つ立っている。左手五〇〇メートルほど先にある平地には、大型のゲルが建てられていて、係員とおぼしき男が、ウッドデッキ風のテラスから身を乗り出していた。

「ゴッツァンデス」

真後ろに座っているダワァンが、中村と裕次郎の肩を軽く叩きながら言った。ダワァンは左手のはるか向こうにそびえる小山を指差している。言われた通りに中村と裕次郎はその方向を眺めた。ヒロシもつられて同じ方向を眺めだした。しかしどんなに目を見開いても、どんなに目を細めても、ゴマ粒のようなモノがかすかに見えるだけだった。

「これを使ってください」

武藤が差し出した小型の双眼鏡を受け取り、中村は目に押し当てた。ダワァンの指し示した方角を見てみると、まだ緑の草むらが残る小山の稜線が連なって見えた。さらに視点を下げていくと、円形の視界の中に色とりどりの騎馬隊装束を身に着けた男たちと馬の姿が飛び込んできた。

「うわっ、スゴイ……って言うか、あんな遠くが見えるなんて、ダワァンの視力もスゴイや」

双眼鏡をはずして振り返ると、ダワァンは白い歯を剝き出して笑った。

「どれ、俺にも見せろよ」

裕次郎が中村の手から双眼鏡を奪い取った。

「おーっ、本当だ。あんな所でスタンバイしてやがったのか。おっ、ゾロゾロと動きだしたぞ。こっちの方へやってくる。しかし、あんなに遠くの様子がよくわかるもんだな」

「モンゴル人は抜群に視力がいいんですよ。だいたい平均五・〇と言われてますから」

武藤の説明に裕次郎が思わず素《す》っ頓狂《とんきょう》な声を上げた。

「なに、五・〇だってぇ。くそっ、負けた。俺は子供の頃からずっと二・〇だってのが自慢の一つだったのによ」

「日本人は到底かないませんよ。だいたいこの国にはメガネを掛けている人間がほとんどいませんから」

「そういえば……そうですね」

中村は辺りを見回した。ここは外国人観光客ばかりなので、半数近くがメガネを掛けている。しかし思い返せば、ウランバートルの町でメガネを掛けた人物を見た記憶はまったくなかった。思い出せるのは、せいぜいサングラスを掛けた人くらいだ。

「だからこの国ではメガネ屋なんて商売にならないんです。本当に一部の人のための特殊な専門店があるくらいで。メガネが手放せない私は、日本に帰国するたびに新しいメガネを作ってきてますがね」

「なるほど」

中村は大きく頷いた。

「そろそろ始まりますよ」

アノンに言われ、慌てて中村は前を向き直した。すぐに会場のスピーカーから、なにやらモンゴル語らしきアナウンスが流れだした。音響装置があまりよくないようで、時々音が割れ聞き取りにくい。それでもどうやらショーの開始を告げるアナウンスのようだということだけはわかった。アナウンスは時折英語やたどたどしい日本語にも変わった。アノンが中村らの耳に口を近付けて囁く。

「出演する者たちは皆、モンゴル国防省の現役軍人で、彼らはこれだけで他の兵役から解放されます」

「あっ、そうか、これも兵役のうちなんだ。でも言ってみれば軍の代表なんだから、これに出演する兵士たちは皆優秀なんだろうね」

中村が振り返ってそう言うと、アノンは皮肉そうな笑みをもらした。

「たしかに馬の扱いに関しては優秀でしょうが、彼らに共通するのは地方出身、つまり皆田舎の出身者たちということです。田舎育ちだと、だいたい四歳くらいから馬に乗りますから。逆に都会であるウランバートルで生まれ育った者は、上手に馬を扱えない者の方が多いくらいです」

「なるほど」

アナウンスが止んだ。

しばしの静寂《せいじゃく》。

ロシアからの観光客が咳《せき》払いをしたのと同時に、遠くからかすかに地鳴りのような音が近付いてくるのを感じた。

「来たっす」

ヒロシが興奮気味に叫んだ。

突然左手の方角から、五〇騎ほどの騎馬隊が湧き上がるように姿を現した。おそらくその先は窪地《くぼち》にでもなっていて、そこで待機していたに違いない。激しく土煙を巻き上げながら、物凄い速さで疾走《しっそう》してくる。声は発していない。やがて地鳴りは轟音《ごうおん》に変わり、右手に槍を持った精悍《せいかん》な甲冑《かっちゅう》姿の男たちの群れが、わずか二〇〇メートルほどの距離に近付いてきた。最初の赤い旗が掲げられたスタンドに差し掛かった瞬間、馬上の男たちが上半身を起こし、一斉に威嚇《いかく》の声を上げた。

「ヒャーーーー、ウーーワアーーーーー」

あまりの迫力に、中村は腰をわずかに浮かせたまま固まってしまった。

豪雨のような蹄《ひづめ》の音。激しく舞い上がる土煙。男たちと馬の群れは太い一陣の風となり、観客席の前の赤茶けた大地を一瞬にして左から右に駆け抜けて行った。

右手の草原が下り坂になっていたせいもあって、観客の視界からは五〇騎ほどの群れが忽然《こつぜん》と消え失せた。ただ、遠ざかっていく蹄の音だけが聞こえている。

再び訪れる静寂。眼前の大地には巻き上げられた薄茶色の土煙が静かに舞い下りようとしていた。

その時だ。今度は太鼓《たいこ》の音が会場に低くゆっくりとしたテンポで鳴り響いた。ドンドコドンドコと、得体《えたい》の知れぬ魔物が一歩一歩地を揺らしながら近付いてくるような音色《ねいろ》で、その場にいる人々の恐怖心をかき立てる。

やがて土煙が収まると同時に、正面の地平線上に突如として数百騎の騎馬隊が姿を現した。どこまでも広がる青空を背にし、馬上に居並ぶ甲冑姿の男たち。横並びの騎馬隊の途中途中に掲げられている青い旗と黒い幟が、激しく風にたなびいている。旗は空よりも深く青い色だ。旗の縁には吹き流しのような赤い帯。黒い幟は銀色の円盤の下に、長い馬の毛をぶら下げたようなもので、遠目には刈り取った敵の首でも掲げているかのように見える。

太鼓の音が鳴り終わると、男たちは何やら声を揃えて叫んだ。腹の底から絞り出し、地を揺るがすような怒声に聞こえ、それだけで物凄い威圧感だった。

「これは天命である。大ハーン、チンギスを恐れろ。尊敬せよ。ひれ伏せ。そう叫んでいます」

アノンが早口で男たちの叫びを訳した。

その瞬間、中村の意識はフッと軽くなった。ほんの一瞬だけだが一三世紀にタイムスリップしたような気分だった。いや、意識だけは本当にタイムスリップしていたのかもしれない。なぜなら中村は眼前にチンギス・ハーン率いる史上最強の騎馬軍をたしかに見ていたからだ。広大な草原を埋め尽くす人馬の群れ。その中央には馬に跨《また》がるチンギス・ハーンの姿。そしてその左右に並ぶ、四駿《ししゅん》四狗《しく》と呼ばれた優秀な八人の側近たち。風になびく無数の青い旗。おびただしい数の補給用の荷車と移動式ゲル。その周辺には無数の羊や山《や》羊《ぎ》、そしてラクダの群れ。さらにはその間を騒がしく行き交う人の波……。

——あれが、世界を制覇した史上最強のモンゴル軍か。

中村はかすかに呻《うめ》いた。

「うわーっ、スゲェなぁ。あんなのに草原で出くわしたら、ゴメンナサイって言うしかねえじゃん」

裕次郎の唸りにも似た呟きで、中村の意識はたちまち二一世紀に戻ってきた。慌てて目を瞬《しばたた》かせたが、眼前の光景はあくまでショーの配列だった。

いや、本物はあんなものじゃない、と中村は即座に言い返したかった。チンギス・ハーンが実際に率《ひき》いていたのは、何万もの騎馬隊なのである。桁《けた》外れだ。その凄まじさは、到底言葉で言い表すことはできない。

何頭もの馬が嘶《いなな》いた。遠目では大多数が茶色の馬だ。しかし色の濃淡はある。さらに何頭か白っぽい葦毛《あしげ》の馬や、青みがかった馬も混じっている。大きさは日本の競走馬よりは一回り小さいサイズに見えた。

誰かが短く叫んだ。それを合図に馬が一斉に駆けだした。激しい地鳴りがこちらに向かって真っ直ぐにやってくる。まるであらゆる物を呑み込んでなお突っ走る津波のようだ。そう、これはまさしく草原の津波なのだと中村は思った。気が遠くなりそうだった。中村は耳だけに神経を集中させ、ゆっくりと目を閉じた。

閉じた瞼《まぶた》の裏に、どこまでも続く青々とした草原が浮かんできた。八〇〇年前のモンゴルの景色だ。そしてそれが今と何一つ変わっていないことに気付いていた。

中村の脳は、激しく活動し始めていた。

かつてのモンゴル高原には、小さな部族連合を形成した遊牧民が群雄割拠し、日夜権力争いに明け暮れていた。そんな時代に忽然《こつぜん》と現れたのが、チンギス・ハーンだ。騎馬軍団を率いた彼は、たった一代でユーラシア大陸の大部分を手中に収め、史上最大の帝国を築き上げたのだ。今から八〇〇年も前の話である。

世界史上、比類なき英雄であるチンギス・ハーン。その生涯もまた、源義経同様、多くの謎に包まれている。その謎を解くには、今のところ元朝秘史に頼るしかない。とはいえ元朝秘史は、あくまでチンギスの時代から一〇〇年も後に書かれた史料ではあるのだが。

それによればチンギス・ハーンは一一六二年頃、ボルジギン氏族の子として、父イェスゲイ、母ホエルンの間に生まれている。生まれた場所はモンゴル北東部のオノン川の畔《ほとり》。生まれた時には、右手に羊のくるぶしほどの血の塊を握っていたという。名前は敵であるタタール族の武将の名を取り、テムジン（鉄木真）と付けられたというが、それも不思議な話である。なぜ憎むべき敵の武将の名前を付けたのか。父イェスゲイは、テムジンが十二、三歳の頃、そのタタール人によって毒殺されてしまう。この時にテムジンは、この草原で生き抜くためには、己の力だけが頼りであることを悟ったという。

一方の源義経は、一一五九年に京に生まれ、七歳で鞍馬《くらま》寺に入っている。幼名、牛若《うしわか》。義経もまた父を殺され、さらに母は平清盛《たいらのきよもり》に奪われている。やがて京での居場所を失った義経は、みちのくの商人金売り吉次の勧めもあって、藤原氏が支配する平泉（岩手県平泉町）の地に下る。この平泉を中心とする現在の東北地方で、義経は藤原氏の庇護《ひご》の下十六歳から二十二歳までの多感な時期を過ごしている。残念ながらこの時期の記録は残っていないが、おそらく広大なみちのくの大地を、馬で縦横無尽に駆け巡りながらさまざまなことを学んだのであろう。

この二人が同一人物という説は、やはり無理があるように思える。しかし自分は学者ではない。小説的推理で二人の間に散在する謎に楽しみながら挑む分には、誰に迷惑をかけるものでもないのだ。

そう、散在する謎。一番のキーワードは鉄である。

たとえばテムジンという名前だ。鉄木真と表記するからには、やはり鉄に関係があるとしか思えない。おそらくタタール族は鉄に関係する部族だったのだろう。さらに生まれた場所もオノン川の畔と元朝秘史には記されているのだが、そこは地名で言えば『ダダル』という土地なのだ。そして日本では鉄を製錬する施設のことを『たたら』と呼ぶ。これはタタール族という名称やダダルという地名と何かしら関係があるとしか思えない。だとすれば義経とも結びつく。義経が育ったみちのくの地は有数の鉄の産地であり、今でも各地に『たたら山』という地名が存在し、実際に『たたら』の跡が見られる。さらに義経北行伝説のルートだ。義経が樺太から大陸に渡ったという道筋にもタタールという地名が見られるのだ。『タタール』と『ダダル』と『たたら』にこだわった調査も、この先必要になってくるだろう。

だが今回の中村の旅のメインは、あくまでヘンティー県にあるアウラガ遺跡を訪ねることだった。二〇〇四年に日本とモンゴルの合同調査団によって発掘され、チンギス・ハーンの霊廟《れいびょう》跡だと発表された場所である。霊廟とは墓そのものではなく、霊を祀《まつ》っている建物、つまりは霊殿のことである。

実はチンギス・ハーンの墓の場所は長いこと謎とされていたのだが、この遺跡の発見によって見つかる可能性が一気に高まったのだ。というのも元朝秘史と並ぶ一級史料である『集史』に、『霊廟はチンギス・ハーンの墓の近くにある』という記述があるからだった。マニアとしては当然見ておきたい場所である。

「おい、見ろよ。どうやら赤組、白組、緑組、黄組に分かれて競っているみたいだぜ。俺たちのスタンドは緑だから、緑組を応援しなきゃなんねぇな」

裕次郎の屈託《くったく》のない声に、中村は目を開いた。

一通りかつての訓練の模様を再現して見せた後、裕次郎が言うように、どうやら兵士らは四つの組に分かれて武術の腕を競い合ってみせるようだった。今度は聞き取れる日本語で『百人隊長』というアナウンスがあった。なるほど、と中村は頷いた。それはまさしくチンギス・ハーンが編成した軍の形だった。チンギス・ハーンは十進法を取り入れ、部族の編成を十戸・百戸・千戸・万戸というふうに改めたのだ。そしてそれぞれに長を任命して、軍事の際もその形を維持したのだ。百戸長は有事の際には百人隊長となる。元朝秘史には即位時に任命された千戸長八五人の名前が記されているという。それだけで兵の数は八万五千人ということになる。

目の前では兵士らが百騎ずつに分かれ、それぞれの組の隊長、いわゆる百人隊長が、配下の腕自慢を一人ずつ選んで送り出している。選ばれた者たちは隊の名誉を懸けて、武術の腕を競うのだ。

最初は馬に跨った四人が同時にスタートし、草原に置かれた獲物（小包のような茶色い塊）を誰が拾い上げるかというものだった。四頭の馬が激しくぶつかり合い、一番左手を走っていた赤組の兵士が見事に拾い上げた。その瞬間、赤い旗を掲げたスタンドに陣取った観客らが立ち上がり、歓声と共に大きな拍手を兵士に送った。赤組の兵士はそのままスタンドに駆け寄り、馬上で胸を張りながら高々と獲物を掲げて見せた。再び大きな拍手が沸き起こった。

「おっ、くやしいな。よーし、次こそ頑張れよー、緑組」

まだ始まったばかりだというのにすっかり競技にのめり込んでしまっている裕次郎が、すっくと立ち上がって声援を送った。すると言葉は違っても気持ちは通じるらしく、最前列のロシア人観光客の一団も、口に手を当て何やらロシア語で声援を送りだした。負けじと後方の席からは、アメリカ人らのグループが英語で檄《げき》を飛ばす。さらに裕次郎らと同じ列に座っていた東洋人らが、中国語らしき言葉で何やら叫びだした。

次は馬を捕まえる時に使う細長い棒状の道具を草原に置き、走っている馬の上からずり落ちんばかりにして手を伸ばし、うまく拾えるかという競技だった。これは赤組から順番にスタートしたが、さすがに四歳から馬に乗っているとあって、全員難なく成功した。

競技は目まぐるしく変わり、途中で一三世紀の投石器を使ったデモンストレーションをしてみせるなど、観客を決して飽きさせることのない構成だった。

競技も終盤に差し掛かったらしく、それぞれの隊の兵士から送られる声援も、一際熱を帯びている。

最後は弓の腕を競うものだった。一辺が一メートルほどの四角い木の枠の中に獣の皮を伸《の》して張ったものが的で、兵士らは順番に馬上から矢を放つ。その間およそ一〇〇メートルほどだろう。一人目、二人目の兵士は惜しくも的をはずした。そのたびにスタンドからもれるため息。風が強く影響しているようで、矢の描く放物線が頂点で微妙に揺れるのが見てとれた。三人目となる緑組の兵士は的を睨み付けた後、上空の風の流れに目をやった。呼吸を整え、強く弓を引く。しかしすぐには矢を放たない。風の音に耳を傾け、己の膂力《りょりょく》を頼りにその時をじっと待っているように見えた。やがて放たれた矢は頂点で揺れることなく、今までで一番美しい放物線を描いて見事に的の真ん中に当たった。その瞬間、中村らの座る緑旗のスタンドからは嵐のような拍手と歓声が沸き上がった。馬上の兵士も安堵の色を浮かべながらそれに応え、緑旗が翻るスタンドに向かって掲げた弓を大きく振って見せた。

「やるじゃねぇか、緑組。いいぞ、いいぞ」

裕次郎らの日本語にかぶさるようにして、ロシア語、英語、中国語の歓声が続いた。指笛が鳴り、ウェーブする者までいて、観客席はヤンヤヤンヤの大騒ぎである。こうなると幼稚園や小学校の運動会を見に来ている親と変わりはない。

四人目となる最後の兵士の矢がはずれ、緑組の兵士の勝利が確定すると、再び大きな拍手と歓声が沸き起こった。

勝者となった兵士には、中央に陣取っていた司令官役の男から、褒美として一匹の子山羊が渡された。兵士は誇らしげに受け取ると子山羊を抱えたまま馬に跨り、万雷の拍手の中、颯爽《さっそう》と自らの隊に駆け戻っていった。再び一筋の土煙が、赤茶けた大地に舞い上がった。

その後はいよいよクライマックス。八〇〇年前のモンゴル帝国軍の戦闘シーンを再現してみせるショーだった。五〇〇もの軍勢が草原の右と左の二手に分かれ、実際に騎馬戦を繰り広げるのだ。両軍が雄叫びを上げながら物凄いスピードで馬を走らせ、草原の真ん中で刀と刀をぶつけ合い、槍と槍とを激しく合わせあう。火花が飛びそうな勢いだ。土煙と共に沸き上がる怒声と奇声、さらには馬のけたたましい嘶きと金属音。中には本当に馬から転げ落ちる兵士もいる。主を失った馬はたちまちその場から走り去り、落馬した兵士は仲間に助けられ、窮屈《きゅうくつ》そうな二人乗りで逃げて行く。馬を失った兵士同士は、大地で刀を振り回しての肉弾戦を行っている。馬上でぐったりと倒れた兵士を乗せたまま、トボトボと戦場を離れる馬もいる。

これはもう圧巻としか言いようがなく、誰もがあんぐりと口を開けて凝視《ぎょうし》している。息をするのさえ忘れてしまいそうになるほどだ。

あらかた戦の趨勢《すうせい》が見え始め、どちらともなく双方が右と左に退き始めると、いつの間にか一人の少年が観客席の前に現れた。白く短い上っ張りを身にまとい、笛を手にした小学校高学年くらいの少年だ。少年は先ほどまで戦場だった大地に躊躇なく進み、しっかと仁王立ちした後、向こうを向いたまま横笛を吹きだした。どこか哀調を帯びていて切なさが感じられるメロディーで、日本の神楽笛《かぐらぶえ》にも似た響きだった。

「鎮魂の……笛」

思わず中村は呟いた。裕次郎とヒロシは何も言わずに頷いた。

少年が笛を吹き終えると、今度は恰幅《かっぷく》の良い男が姿を現した。男は後ろに尻尾《しっぽ》の付いた白い毛皮の帽子をかぶり、白くて裾の長い毛皮の衣を身にまとっている。

「チンギス・ハーン役のシャガダル将軍です」

アノンが中村と裕次郎の間に顔を近付けて教えた。

「本物の将軍かよ。すげぇなぁー、後でサインもらおうか」

「何言ってるの、芸能人じゃないんだから」

アノンが笑いをこらえながら続ける。

「正確にはモンゴル国軍の元将軍です。有名な将軍で、今はモンゴル防衛大学の教授をしています」

「ほら、芸能人じゃないけど、有名人だぜ」

裕次郎はうれしそうに中村を肘《ひじ》で押した。

チンギス・ハーン役のシャガダル将軍はゆっくりと前に出て、腰の刀を抜き取ると天を突き上げるようにして高らかに叫んだ。言葉はわからないが、どうやら兵士たちの奮闘を称《たた》えているらしい気持ちは伝わってくる。それに応えるような雄叫《おたけ》びが、草原にこだましている。中村は鳥肌が立ちそうになるほど感激の面持ちで、眼前の光景をしっかりと目に焼き付けていた。

二時間にわたる壮大で濃密な騎馬隊のショーが終わると、観客はどわどわと立ち上がりスタンドを後にしだした。それはまさに地球民族大移動とでも言いたくなるような光景で、頭の上を無数の他言語が無秩序に飛び交っていく。観客に西洋人が多いせいか、長身の中村もここでは目立つことはない。小柄なヒロシは懸命に裕次郎の露払いを務めている。

背中から押されるようにして人の波にもまれていると、裕次郎は少し先の人混み中に棒立ちになっているダワァンに気付いた。ダワァンは右隣にあるスタンドを見上げている。声を掛けようとした裕次郎は、一瞬躊躇した。その目つきが驚くほど険しかったからだ。そこにはあの人の良さそうな横顔はまったく消えていた。むしろ憎悪さえ感じさせるような目つきでスタンドを見上げているのだ。

裕次郎はダワァンの視線の先を追った。そこには見覚えのある男たちの姿があった。昨日空港で騒いでいた男たちだ。全身黒尽くめの、いかにも場違いな服装をしたサングラスの大男がいる。サングラスの大男はスタンドの中段に立ち、何やら誰かと話し込んでいるようだ。スタンドの手摺《てす》りのところには、昨日ワゴン車の中を覗き込んできたガラの悪そうな二人の若い男もいた。

裕次郎は再びダワァンに視線を戻した。だが、すでにダワァンの姿は人混みに消えていた。裕次郎はもう一度スタンドに目をやった。そこへ中村が追いついた。裕次郎は振り返って中村に言った。

「おい、ロシアのマフィアだかって連中が来てるぜ」

「えっ」

中村は裕次郎が睨んでいる方向に目をやった。

「本当だ」

サングラスの男が話している相手は小柄な太った男だった。だが、こちらに背を向けているため人相まではわからない。麻のジャケットを着て、白いパナマ帽をかぶっている。さらにその男らの向こうにチラチラと見え隠れするもう一人の男の姿。こちらに背を向けて煙草を吸っているが、裕次郎は見逃さなかった。

「やっぱり、あいつだ。なぁ、ヒロシ」

「へっ、へい」

裕次郎の目は釘《くぎ》付けになった。男はグレーの縞が入ったブレザーを着込んでいる。体格は中肉中背。煙草を吸うたびに動く右手には、ギラギラと輝く金のブレスレットがはめられていた。中村はまだその男に気付いてはいない。

「どうしたの」

「熊坂組の今岡」

「えっ」

中村は慌ててスタンドを見上げた。だがスタンド最前列を移動する人の波が視界を遮《さえぎ》り、すぐには確認できなかった。

「気にいらねぇな」

裕次郎は吐き捨てるように呟くと、前に立つヒロシの肩を叩き耳打ちした。ヒロシは即座に頷くと、人の波に逆らうようにして隣のスタンドに近付いて行く。

「ヒロシ君に何を言ったの」

「ちょっくら相手の顔を見てこいって言ったんだ」

そう言いながら裕次郎は何事もなかったかのように、また人の波に身を任せて歩きだした。

「ダメだよ、騒ぎを起こしちゃ。ここは外国なんだからね」

「わかってるよーん」

裕次郎の適当な返事にため息をつきながら、中村は頭の中に突如現れた暗雲の存在に恐れを感じだしていた。もしもあのサングラスの大男が、本当にロシアのマフィアに雇われているのだとしたら。そして関西の武闘派集団である熊坂組の今岡が、その大男たちと一緒にいるとしたら。彼らはいったい何をしようとしているのだろうか。その結びつきを想像すれば、誰しも何か起こりそうな不安に駆られるだろう。ましてや熊坂組は、かつて裕次郎らの縄張りに土足で踏み込んできた連中である。中村自身も苦い思いをさせられた過去があるだけに穏やかではいられない。

しかし中村は慌てて打ち消すように首を振った。関わってはいけない。自分たちは、ただの観光客なのだ。ヤクザの裕次郎やヒロシだって、ここでは数日間楽しく滞在して帰るだけの旅人だ。トラブルになんか巻き込まれてはいけない。決して物騒な連中に近付いちゃいけないのだ。そのためにはカタギである自分が、防波堤の役目をしなくてはならない。そう早口で自分自身に言い聞かせてはみるのだが、なんといっても旅の連れは札付きの裕次郎である。なんにでも首を突っ込みたくなる性格は、幼馴染みだから知りすぎるほど知っている。すんなりとはいきそうにない予感がムクムクと頭に湧いてきて、中村の心の警報ブザーが、人生何度目かの警告音を激しく鳴らしだしていた。

騎馬隊のショーの会場から吐き出された一行は、イベント・ステージの手前にある大型ゲルの横に集まっていた。大型ゲルの中も土産品売り場になっていて、開け放してある小さなドアをくぐって、観光客が出入りを繰り返している。まだ閉場までは一時間以上あるとあって、その辺りは立ち止まって記念撮影をする観光客と、帰路につく観光客とが入り乱れて賑わいを見せていた。

武藤はショーの間ずっと我慢していたとみえて、震えるような手つきで忙しなく煙草を吸い続けている。裕次郎はその横に仁王立ちになり、アノンの説明を聞きながら草原のはるか先を、じっと目を細めて眺めていた。ダワァンは後ろを向いたまま、ラクダに跨って記念撮影している金髪の男の子を微笑んで見上げている。その顔は、先ほどの険しさなど微塵《みじん》も感じさせなかった。

最後尾の集団に紛れるようにしてヒロシがやってきた。ヒロシは裕次郎を見つけると、飼い犬のように駆け足で近付いてきた。

「ご苦労」

そう声を掛けると、裕次郎はヒロシの肩に腕を回した。

「しっかり見てきたな」

小声で話し掛ける。

「へい、たしかに今岡のヤツっす。それにホテルで懲らしめてやった二人組もいたっす」

「なにぃ、やっぱりあいつら仲間だったのか」

「顔にバンドエイドをいくつも貼ってたっすよ」

そう言いながら、ヒロシは息を吸い込むようにして笑いだした。

「神戸でピンときたんだが、なにが貿易会社だよ。で、今岡はどんな様子だった」

「へい。客人扱いされてて、若い連中を顎で使ってたっす」

「客人扱いか。となると儲け話に違いねぇ。あいつは経済ヤクザだからな。そいつがわざわざモンゴルまで出張《でば》ってきてるんだ。よっぽどのことだろう。それで、相手は?」

「けっこうな歳の外国人っす。でも、まだジジイとまでは言えないような……えーっと、太ってて、やたらと色が白くて、髪の毛も白かったっす」

「ふむ、ロシア人ぽいな。そいつがロシアのマフィアって奴かもな。だとすれば幹部クラス以上だろう。日本の大組織の幹部のお相手をしているわけだからな。なんか他に特徴はなかったか」

「あっ、鼻っす。鼻がでかくて曲がってて、ワシッ鼻」

「それなら次に見かければわかるな」

「へい、一目でわかるっす」

頷くヒロシの肩を労《ねぎら》うように叩きながら離れた裕次郎は、中村と一瞬目が合うとニヤリと笑った。

「ちょっと、裕ちゃん」

「あー、わかってるよ。何もしません。私はおとなしい普通の観光客です」

「頼むよ、本当に」

「はい、はい。仕事柄ちょっと興味を持っただけだ。大丈夫だからよ」

「まったく……もう面倒はたくさんだからね」

背中を向けて歩きだした裕次郎の後を、それぞれが追いかけるような形で動きだした。

一行がイベント・ステージのある通りに差し掛かると、突如として清らかな女性の歌声が響きだした。武藤が好きだと言っていたモンゴルの長唄、オルティン・ドーの調べだった。なんとも言えぬ独特の抑揚のある歌声が、聞く者の心に染み入るように伝わってくる。日本の江差追分《えさしおいわけ》のように、一つの言葉を長く朗々と歌い上げているようだった。裕次郎と中村は足を止めた。すぐにヒロシが辺りを窺いながら裕次郎の前に立った。遅れて武藤とアノン、ダワァンも側にやってきた。

イベント・ステージの周りには、まだたくさんの外国人観光客が人垣を作っていて、オルティン・ドーの調べに耳を傾けていた。馬頭琴の楽団を後ろに従えステージに立っている歌手は若い女性だった。白地に金色の刺繡《ししゅう》が施《ほどこ》されている民族衣装のデールを身に着け、ブルーのベストのような物を羽織っていた。頭には白地に折り返したツバが濃紺のジャンジン・マルガイと呼ばれる天辺が尖《とが》った帽子をかぶっている。ツバの横からは細い簾《すだれ》のような透明の飾りが、顔の輪郭を包むように何本かぶら下がっていた。スタイルも良くふくよかな胸の持ち主で、両手をその胸の前で組み、目を閉じたまま祈りを捧げてでもいるかのような姿で歌っている。ここからは横顔しか見えないが、鼻筋が通っていて、モンゴル人にしては彫りの深いエキゾチックな顔立ちであった。その顔をじっと見つめていた裕次郎は、突然思い出したかのように声を上げた。

「あれっ、あの女」

「えっ、何？」

つられて中村も首を伸ばした。人垣の最後尾の列を形成していたロシア人らしきオバさんの集団が一斉に振り返り、咎《とが》めるような目つきで中村を睨んだ。

「ス、スミマセン。ソーリー、アイム、ソーリー」

とりあえず小声の英語で詫びを言い、中村は何度もペコペコと頭を下げた。納得したような表情で頷いたオバさん集団は、再び揃って前を向くと、うっとりしたような表情を浮かべてオルティン・ドーに聞き入りだした。

冷や汗をかきながら、中村は裕次郎の脇腹を突いた。

「ほら、もう、恥かいちゃったじゃない。裕ちゃんのせいだからね」

早口で怒りながらも、周りに遠慮しているため小声である。裕次郎はステージから目を離さず、小声で応じた。

「歌っている女は昨日空港で助けたベッピンさんだぜ。ゾッザヤとかいう」

「えーっ、まさか」

慌てて中村は背筋を伸ばし、ステージに立つ女を凝視した。その横でヒロシも爪先立ちしている。

「似ているけど、でも……」

胸に染み入る朗々とした調べが終わると、女は深々とお辞儀をした。一瞬の間を置いて次々と沸き起こる拍手の中、ゆっくりと女は顔を上げた。その顔には媚びたような微笑みが浮かべられていた。女は小首を傾げるようにして裕次郎たちがいる方を向くと、手を振りながらウインクをしてきた。

「なっ、やっぱりそうだろう」

裕次郎が腕組みしながら胸をそらした。

「でも、なんでまた……あの人、歌手だったの」

中村が答えを求めるように振り返ると、後ろにアノンが腕組みをして立っていた。眉間には皺を寄せ、実に困ったというような顔付きである。アノンは横にいるダワァンを見上げた。ダワァンは太く濃い眉毛を八の字にしたまま両手を広げ、まるでアメリカ人のような仕草をして見せた。いわゆるお手上げのポーズである。代わりに武藤が仕方なくといった口調で話しだした。

「彼女はモンゴルでは中堅どころの歌手なんですよ。以前は時々テレビにも出てましたけど……色々ありましてね。まぁ、ここではなんですから、帰りの車の中で話しましょう。さぁ、明日からの準備もありますから、そろそろ我々も」

「ええ。しかし……中堅どころの歌手……ねぇ」

驚いたように目を丸くして再びステージに目をやる中村の脇腹を、裕次郎の肘が突《つっ》いた。

「出来過ぎてると思わねぇか。昨日追いかけた方と追いかけられた方が、同じ会場にいる。気付いてねぇのかな、ゾッザヤちゃんはよぉ。いや、気付いていたとしたら逆に、よっぽど大胆な女ってことになるな」

「た、たしかに……」

「ふーん」

裕次郎は不敵な笑みをもらしつつ鼻を鳴らした。

「さーて、縁は異なもの味なもの、で済まそうか。それとも、先回りされたと考えた方がいいか」

「えっ？」

「いや、これは独り言《ひとごと》だ」

裕次郎はステージのゾッザヤに軽く右手を上げて応えると、素早く踵を返した。

「どういうことよ」

裕次郎はそれには答えず、ニヤリとした笑いを浮かべたまま歩きだした。素早く回り込んだヒロシが露払いを務める。慌てて続く武藤とアノン。少し間を置いてダワァンが大股で歩きだした。ダワァンだけは歩きながら何度も振り返っていた。

草原に幅広く刻まれている赤茶けた土の道を、時折跳ねるようにしてワゴン車は疾走していた。ウランバートルへと戻る草原の道は対向車もほとんど無く、あと数キロもこのスピードで走れば舗装道路に乗ることができる。車内にはゆったりとしたオリエンタルチックな音楽が低く流れていて、シルクロードの辺りでも走っているような気分にさせてくれる。

定期的に体が弾むのも慣れてくれば心地よいもので、黙っているとたちまち睡魔が襲ってくる。それを察して中村が思い出したように問い質《ただ》すと、武藤は渋々といった口調でゾッザヤという女について語りだした。

「ゾッザヤは、アノンやダワァンと幼馴染みなんです。三人とも親がモンゴル国軍の職業軍人なので、ウランバートル市内にある官舎で育ったそうです。ただしアノンだけは父親が幹部だったので、ワンランク上の官舎だったそうですがね」

アノンは黙ったまま顎を引いた。

「詳しいことはアノンに聞いてもらうとして、とりあえず私が知っている範囲で話します。ご覧になったようにゾッザヤは美貌と才能を兼ね備えた歌手で、以前はテレビの歌番組などにもよく出ていました。しかしあの美貌ですから、男が黙ってはいません。ゾッザヤ自身も生来奔放な性格だったらしく、派手に振る舞っていたようですね。ですから当然、良からぬ噂が次々と立ちました。いわゆるスキャンダルです。実業家と人気男性タレントを二股にかけたとか、政府の役人に色目を使って大きな仕事をもらったとか、日本の写真週刊誌だったら間違いなくトップ記事になるようなゴシップを連発しましてね。モンゴルの小さな芸能界では、不動のスキャンダル女王と呼ばれるようになりました。ここまでは間違いないよな」

武藤が助手席のアノンに訊ねると、アノンは前を向いたまま小さく頷いた。運転席のダワァンは日本語がわからないので話を理解してはいないが、なんとなく気になるらしく時折ルームミラーで後部座席の様子をチラチラと窺っている。

「そんな中、一昨年突然彼女は消息を絶ちましてね。ウランバートルから忽然と姿を消したのです。何かの事件に巻き込まれたのではないかと囁かれもしました。実際警察も動こうとしたようなんですが、どこからか圧力がかかって動けなかったという噂もあります。それが今年の春ひょっこりと姿を現して、何事も無かったかのように再びステージで歌うようになったんですよ。そしたら以前よりもはるかに歌がうまくなっている。さらには抜群の表現力まで身につけていて。本人が言うには、ロシアで演技の勉強やボイストレーニングをしていたということなんですが、どこまでが真実かはわかりません。いずれ世間の知らないところで何かを仕出かしてしまい、ほとぼりが冷めたので帰ってきたのだろうというのが大方の見方です。また、ロシアの大富豪が彼女のパトロンになったという噂もありますがね」

「へえー、なんだかミステリアス」

相槌を打つ中村の背中越しに、裕次郎が唸った。

「ロシアと一番関係が深いのはゾッザヤちゃんじゃねえか。だいたいマフィアに追われていたわけだろう。なぜ追われてたんだ。その理由も聞かずに無罪放免しちゃったなぁ。こりゃあ、そのロシアの大富豪の噂だって、まんざら嘘じゃねぇかもしれねぇぞ」

「た、たしかに」

中村は何度も頷いた。

「もう一つ気になる。ゾッザヤちゃんは幼馴染みの中じゃ出世頭みたいなものじゃねぇか。有名人だしよ。それなのに昨日空港からの車の中でゾッザヤちゃんを見た瞬間、ダワァンやアノンちゃんは驚くと同時に嫌そうな顔をしたように見えたんだけど、なんでだい」

「それは……」

言いよどむ武藤に代わって、アノンが半身を捻りながら話に加わった。

「ゾッザヤは昔からトラブルメーカーなんです。協調性がなく、いつもスタンドプレーに走るし。子供の頃からずっとそうでした。欲しい物は手に入れないと我慢できないタイプだし。でも私たちは親が軍人ですから、安定はしていますが決して裕福ではありません。むしろ質素に暮らすように教育されました。それなのにゾッザヤは神の声が聞こえると嘘をついて欲しい物を手に入れたりしました」

「へっ、神の声？　ヤバイんじゃねぇの」

「嘘に決まってます。自分はシャーマンの血を引いているって言って、口がうまいんです」

「シャーマン、って呪術師みたいな奴だっけ？」

中村が目を見開いたまま小刻みに頷いた。

「先祖がシャーマンだったと言ってました。本当かどうかわかりません。でも、もしシャーマンだったら、もっと正しく生きるべきです。それなのに借りたお金や物を返さなかったり、友達のボーイフレンドを奪ったりもしました」

アノンの口調は突き放すような厳しさがあった。

「ということは、なにかい。もしかしてアノンちゃんもボーイフレンドを取られちゃったりしたの」

「違います。私の親友からです」

アノンはキッパリと否定した。

「ふーん、ということはなんだぁ。多かれ少なかれアノンちゃんやダワァンも被害者ってことなのか」

「ダワァンは……」

そう言ってアノンはダワァンの横顔を見た。会話の中身がわからぬダワァンは名前を呼ばれたのかと思い、一瞬キョトンとした顔付きを見せたが、すぐに再び前を向いて運転に集中した。

「彼はゾッザヤに捨てられたようなものです」

「えっ、なに、それじゃあこの貴乃花親方みてぇな男が、あの美女と付き合ってたってぇことかよ」

裕次郎が素っ頓狂な声を上げると、アノンはコクリと頷いた。

「信じられねぇなぁ。トミー、どう思う」

「いや、こればかりはねぇ……でも、貴乃花親方だって現役時代は二枚目の人気力士だったし、奥さんは超美人の元女子アナだしねぇ。それに、ほら、美的基準とか男の評価って国ごとに違うんじゃないの」

「そうかい、そんなもんかい。あっ、でもこの国は相撲取りタイプがモテるのかもしれねぇしなぁ。いやー、まいったなぁ」

裕次郎が静まるのを待って、アノンは話を続けた。

「私たちはウランバートル郊外の同じ官舎で育ちました。元々ゾッザヤとダワァンが住んでいた官舎の上階に、私の家族が引っ越したのです。それ以来の付き合いなのです。子供の頃からゾッザヤは歌がうまくて美人でしたし、ダワァンは体が大きくて力が強かった。それに引き換え私は小さくて体が弱かった。だからダワァンは私たちのボディガードのような存在でした。特にゾッザヤの言うことはなんでも聞いてあげていました。そして小学校の四年生の時に、私はたまたま二人が親の決めた許婚《いいなずけ》同士だということを知りました。それなのにゾッザヤは彼を家来のように扱いました。そしてそれはずっと変わりませんでした。やがて彼女は歌手になり活躍するようになると、ある日突然私たちの官舎から出て行きました。ダワァンにも私にも何も告げずに。ダワァンがテレビ局に会いに行っても、門前払いだったそうです。私も手紙を書きましたが、返事はありませんでした。やがて私は大学生になりました。ダワァンは兵役で国軍に入りました。その頃まではダワァンもまだゾッザヤのことを信じていたようです。しかし通信担当の兵士になったダワァンは技術習得のため韓国に派遣されたのです。そして二年間の兵役を終えてウランバートルに戻ってきたら、ゾッザヤはすっかりスキャンダルまみれの女になっていたというわけです」

裕次郎はため息をつきつつ唸った。

「そうか、そりゃあダワァンにとっちゃあショックな出来事だよなぁ……で、昨日は本当にバッタリって感じだったのかい」

「ええ、本当に驚きました。ダワァンにとっては何年ぶりかの再会だったと思います。それなのにゾッザヤは、親が勝手に決めたことをいつまでも覚えているのねと笑いました。私は腹が立ちましたが、ダワァンは怒りませんでした。その後もゾッザヤが一方的に話しました。自分にはやるべきことがあるとか言って、逆にダワァンを責めました。あなたは運命を受け入れないのかと。私はダワァンがかわいそうになって、一言言い返そうと思いました。なのにゾッザヤは時間ばかり気にして、まともに話をしようとしませんでした。そう、翌日もステージの仕事があるって言っていましたが、まさか今日のあのイベントとは知らず驚きました。黒沢さんは心配していたようですが大丈夫です。国を挙げてのイベントなので、出演者は軍や警察に守られていますから。それにロシアのマフィアに追われた理由も、少しトラブっただけで大したことはないと言っていました。ただ、マンションに戻れないので、フラワーホテルで降ろしてほしいと。知り合いがいると言っていました。だから私たちはその通りにしてやりました。本当にそれだけでした」

「うーむ、なんだか聞いていて切なくなるぜ。ついついダワァンの側に立って考えちまうせいかな」

隣の席で俯《うつむ》いたまま聞き耳を立てていたヒロシが、無言で頷いた。中村も頷くとため息をついた。

「そうよね。でも考えてみたらダヴァンは立派よ。取り乱して追いかけたりしなかったわけだし、罵《ののし》ろうと思えばできたはずなのに。おそらく好きだった女の幸せを第一に考えているんだろうね。彼女の出世のために自分は身を引く。それが運命、って」

アノンは眉間に皺を寄せたまま前を向き直した。動きざま、ダヴァンの横顔が視界に入る。ダヴァンは一瞬目を丸くして、不思議そうな顔をアノンに向けた。だが、アノンは口を真一文字にしたまま、何も語らなかった。気まずい空気を換えようとしたのか、武藤がスライド式の窓を少し開けた。やわらかな風が真っ直ぐに車内に入ってくる。いつの間にか道は舗装道路に変わっていた。

「そういうことですので、ご理解いただけましたでしょうか。まったくこんなことをお客様に話すのは異例のことですけど、昨日のことがありましたからね。まぁ、これもハプニングの一つということで、どうか旅の思い出にでもしてください」

武藤は頬を少し引き攣らせながら笑った。

「あいよ。誰だって触れられたくないことってあるもんなぁ。よーし、ならば忘れちまおうぜ。なぁ、ヒロシ」

「へい。なんのことだかオレにはわからねぇっす」

「よし、それでいいのだ」

そう言って笑いだす裕次郎にヒロシの笑い声が続いた。とはいえ心底笑っていたわけではない。むしろ裕次郎の目の奥には、なにか気になることを見つけたかのような輝きがあった。ダワァンはルームミラーで後ろの様子を眺めながら、しきりに首を傾げている。中村は頬杖をつきながら、窓越しに外を眺めた。真上は澄み切った青空。遠く地平線の果てから、細く白い雲が絵の具を絞り出すように立ち上っている。そんな景色だった。夜の七時を回っているというのに、外は昼間のようにまだ明るかった。

ツーリストキャンプへ

翌日は遠出をするため早起きしなければならなかった。行き先はウランバートルの東二百数十キロに位置するフドーアラルのツーリストキャンプである。ツーリストキャンプとは観光客がゲル生活、つまりはテント生活を体験する宿泊施設のことだ。裕次郎ら一行は、そこに二泊する予定になっている。そのためウランバートルのホテルも、一度チェックアウトしなければならなかった。

とはいえ朝も八時にならないと外は明るくならないので、出発時間は九時ちょうど。日本人が持つ早出のイメージとはほど遠い。元々健康優良児的体質の裕次郎とヒロシには苦も無い時間であったが、低血圧気味の中村にとっては、まだ頭も体も試運転をやっと始めだす時間だった。

ホテルのバイキングで慌《あわただ》しく朝食を済ませ、スーツケースをゴロゴロと押しながら三人は揃ってエレベーターを降りた。三人ともお揃いの紺色のトレーナーを着ている。もちろんこれもまた、中村の家が経営する夕顔瀬スイミングクラブのオリジナルトレーナーである。前から見ると無地だが、背中にはしっかりとローマ字でYUUGAOSEと白くプリントされていた。

ロビーに出ると、すでに武藤がソファーにどっかと腰を下ろし、美味そうに煙草の煙をくゆらせていた。武藤は昨日と同じ黒のブルゾンを着ている。アノンはピンク色のヨットパーカー姿で傍らの太い柱に寄りかかり、黒革の手帳を開いては何やらペンで書き込んでいた。

「おはようございまーす」

裕次郎とヒロシがロビーに響き渡るような挨拶を発すると、アノンはひょっこりと顔を上げて微笑を返し、武藤は機械仕掛けの人形のようにピクッと立ち上がった。少し遅れて中村がもぞもぞと近付いて行く。

「おはようございます。チェックアウトは済ませておきました」

アノンはなんだか機嫌が良さそうで、声にも張りがあった。武藤は大理石の灰皿に煙草を素早く押し付けた。

「早速出発しましょう。もう少しで市内はラッシュアワーになりますから、その前に通り抜けてしまわないと大変です。買い出しは町外れのスーパーですることにして、さぁ、行きましょう」

武藤に急かされてスーツケースを押して行くと、車寄せにワゴン車が止まっていて、黒いTシャツ姿のダワァンがトランクのスペースを片付けていた。ダワァンは裕次郎らの姿を見つけると笑みを浮かべながら近寄ってきた。

「おはよう、ダワァン。ゴッツァンデス」

「オー、ゴッツァンデス」

ダワァンは照れくさそうな笑いを浮かべながらスーツケースを受け取り、筋肉の盛り上がった肩に次々と担ぎ上げては手際よく積み込んでいった。

その様子を鋭い視線で見つめている男がいた。男は車寄せの後方に停車した、厳《いか》ついロシア製の軍用ジープの中で唸り声を発していた。

「またアイツや。気に入らん」

煙草の煙と共に、憎々しげに言葉を吐き出したのは今岡だった。

「しかし、ホンマ、なんでモンゴルにおるねん。観光やとばかり思うて見逃しといたが、なんだか臭うで。うっ、まさか……まさか、アイツもワイらと同じようなこと思とるんちゃうやろな。いや、有り得る話や。あの水泳バカは意外と目先が利きよるからなぁ。その場合は……」

再び唸り声を発した今岡は、サングラスに隠れた細い目をいっそう吊り上げた。

そんなこととは露《つゆ》知らず、裕次郎らの一行は和気藹々《わきあいあい》と遠足気分で車に乗り込んだ。ドアを閉めると武藤は地図を広げ、運転席のダワァンに出発を告げた。

「さぁ、目的地はフドーアラルです。今日はイトウを釣ってもらいますからね」

なんだか武藤の鼻息が荒い。

「おっ、そうだ。それが俺らのメイン行事だったぜ。なぁ、ヒロシ」

「へい。でも本当に釣れるんすかねぇ」

武藤が軽く咳払いをした。

「大丈夫です、たぶん」

「たぶんて、頼りねぇなぁ。モンゴルってイトウがウジャウジャいるんじゃねぇの」

「それは、一昔前の話です。ここ数年近代化の進んだモンゴルでは、環境の悪化も叫ばれだしました。なにせ火力発電がメインの国ですから。それに野生動物などの乱獲も問題になりつつあります」

「なにそれ。いきなり釣れなかった時の言い訳みてぇだな」

「いえいえ、そうは言っておりません」

再び武藤が咳払いをした。

「釣れた実績のある場所へ、釣った実績のあるガイドが御案内しますから」

「ほう、なるほど。現地に凄腕のガイドが待っていてくれてるってわけだ」

「いえ、ガイドならここにいますけど」

「えーっ、誰のこと」

「ダワァンです」

「ダワァン……ダワァンがイトウ釣りのガイドなの」

「はい。そうだよな、ダワァン」

意味が通じているとは思えなかったが、運転席のダワァンは信号待ちで振り返ると白い歯を見せた。

「ダワァンは過去に何匹もイトウを釣っています。もちろん趣味で、ですがね。正直に言いますとですね、本格的なイトウ釣り専門のツアーだと、ガイド代やらなにやらで費用がメチャメチャ高くなるんですよ。それに数日間の計画を立てなきゃならないわけで。中村さんからの御依頼ですと半日程度でよいとのことでしたから、あらためて専門のガイドを雇うまでもないということで……」

「おいおい、そんなんで釣れるのかよ」

「いやぁ、専門業者に聞きましたら、この時期あまり良くないそうです。先日も日本人のツアーを二組案内したそうですが、四日間やって一人だけ一匹釣り上げたそうですので」

「四日間やって一匹……厳しいなぁ」

武藤はほんの少しだけすまなそうな顔をしてみせた。

「でも釣りは運もあるとダワァンは言ってましたから、たとえ半日でも釣れる時は釣れるんじゃないかと」

「釣れるも八卦《はっけ》、釣れねぇも八卦か。なぁ、ヒロシ」

「へい。ちょっとばかり違うような気もするんすけど」

「いいんだよ、これで。しかしその割に武藤さん、大してすまなそうじゃねぇな。むしろうれしそうな顔してるぜ」

武藤は裕次郎の突っ込みに狼狽《ろうばい》しつつも、顔をほころばせた。

「わかりますか。いやぁ、正直に言いますと、実はこれから行くフドーアラルは、私もアノンも初めて行く土地なんですよ」

「えっ、初めてなんですか」

少し驚いた様子で中村が口を挟んだ。すると助手席に座っているアノンが、屈託の無い笑顔で振り返った。

「はい、そうです。いつもお決まりの観光コースにしか行っていませんでした。ですからフドーアラルには行ったことがありません。あそこまで行く日本人は、そんなにいないそうです。だから私、とても楽しみにしてきました」

「なーんだ、そうなんだ」

頷く中村を見て、武藤が話を続けた。

「はい。今回中村さんから依頼を受けて、我々もコースを検討しました。その結果、これは義経チンギス・ハーン説を土台にした伝説ロマンツアーとして成立するんじゃないかと考えたんです。オプショナルツアーとしてイトウ釣り体験を加えて、うまくいけば我が社のヒット企画になるかも、なんて」

「あちゃー、商売熱心だねぇ。するってぇとなにかい、俺らのツアーはモニターツアーみてぇなもんかい」

「はい」

悪びれた様子も見せずに認めた武藤の様子に、裕次郎は二の句が継げなかった。

「ご安心ください。その分、モニター料金ということで格安にさせていただいてますから。いかがですか、中村さん」

話の矛先《ほこさき》を向けられて、中村は苦笑いを浮かべた。

「いいんじゃないんですかねぇ。僕としては義経関係のツアーがモンゴルにできる切っ掛けになれるわけですから、義経ファンとして本望って感じです」

「そうですか、よかった。ありがとうございます」

「いいでしょう、裕ちゃんも」

「はいよ。俺はイトウが釣れさえすりゃあ文句はねぇ」

「釣れますよ、たぶん。黒沢さんて、見るからに運が強そうですもの」

「えっ、そうかい、へへっ……」

まんざらでもない顔をして、裕次郎はシートに踏《ふ》ん反《ぞ》り返った。

一行を乗せた車はとうに混雑を抜けていて、町外れと思われる一角にやってきていた。大きな建物もなく、家々の並びも途切れがちである。

「あそこのスーパーで物資を揃えますので、乗ったままお待ちください」

武藤が指差した先には、レンガ造りの角張った建物があった。頑丈そうな平屋建てで、武器庫のような佇《たたず》まいである。わずかに突き出した正面玄関の上には、真っ青なペンキで書きなぐったような、派手な看板が掲げられてあった。道路に面して大きなガラスがはめられているので、中の様子がよく見える。店の真ん中にある陳列棚の上には、色とりどりの果物らしき物が積み上げられていて、なんとなくスーパー・マーケットという感じは伝わってくる。しかし大きさと言えば、日本の一般的なコンビニエンスストア程度しかないようだった。

ダワァンは店の前に車を寄せて停めると、素早くドアを開けて降り立った。武藤とアノンも、それに続いた。ガラス窓の向こうに三人の姿が見えた。大きなカートを押しているのはダワァンだった。ダワァンは小柄なアノンが背伸びしても取れずにいる商品を、片手でヒョイとつかんでカートに入れていた。まるで新婚夫婦が買い物しているような雰囲気だ。

「ヒロシ、気付いたか」

裕次郎が呟くように言った。

「えっ、な、な、なんすか」

「そうか、気付いてねぇのか。ふん、なら俺の気のせいかもしれねぇな」

裕次郎の鼻息は少し荒かった。中村はもしかしてと思い、首を伸ばして振り返った。

「なに、もしかして二人が出来てるってこと」

ニヤついている中村の顔をマジマジと見つめながら、裕次郎は首を捻った。

「はぁーん……何言ってんだ、トミー。俺が言ったのは尾行のことだぜ」

「び、尾行」

「ああ。どうも誰かに見られているような気がするんだよな。今はその気配が途切れてるけど」

中村は中腰になり長い首を伸ばすと、二人の間を割ってリアガラスに顔を近付けた。薄いレースのカーテン越しに後方の光景が見える。空は昨日よりも濃いブルー。まだらに土の見える草原を切り裂くように、真っ直ぐな舗装道路が何キロも続いている。その先は坂道になっていて、途切れた道の先には遠く小山がそびえていた。その山の懐から、湧き出るような感じで断続的に自動車が走ってくる。ほとんどは業務用と思われるトラックだ。何年式なのか想像もつかないほどオンボロなトラックが、荷台いっぱいに荷物を積み重ね、車体を激しく震わせながらやってくる。舗装道路の両脇には、ブリキ屋根の粗末な小屋のような人家が数軒。右側の小高くなっている場所には等間隔に鉄塔が並び、送電線が連なっていた。視界の範囲内に止まっている怪しげな車両など一台も無かった。

「こんな真っ直ぐな道で、尾行するバカはいねぇな。気にするな。俺の勘違いだ」

そうは言っても、中村には気になった。というのも、裕次郎の勘が馬鹿にできないモノであるということを経験上知っていたからだ。一言で言えば、危険を察知する動物的勘の持ち主なのである。子供の頃からの長い付き合いの中で、中村はそれを感じ、実際に何度も助けられていたのだった。

「お待たせしました」

武藤とアノンが大きなポリ袋を下げて戻ってきた。白い半透明な袋越しに、赤や黄色の派手なパッケージをした四角い食品の箱が見えている。その後ろをダワァンが中型のダンボール箱を肩に担いでやってきた。

「今日の昼食とおやつ、それにモンゴル・ビールとアルヒ。アルヒっていうのはモンゴル・ウオッカのことです。皆さんがアルコール好きなのはよくわかりましたから、少し多めに買ってきました。ツーリストキャンプで頼むと高く取られますからね」

武藤は笑いながら車に乗り込んできた。

「おっ、言うねぇ。武藤さんだって、けっこう酒好きじゃないの。夕飯を一緒に食ってわかったぜ」

「いやぁ、バレちゃってましたか」

武藤は少し照れたような顔をして頭をかいた。

「しかしモンゴル・ビールは昨日も飲んだけど、アルヒっていうのはまだ飲んでねぇな。モンゴルのウオッカか、楽しみだな」

「ちょっと、裕ちゃん。飲みすぎには気を付けてよね。なんたってウオッカなんだから」

「わかってるよ。さぁ、準備ができたら行こうぜ、そのお不動さんとやらへ」

「あのね、お不動さんじゃなくて、フドーアラルだから」

「いいんだよ、有難《ありがて》ぇ感じがするじゃねぇか。さぁ、ダワァン、レッツゴー」

陽気な裕次郎の一声に、ダワァンが振り返って親指を突き出した。車内に笑いが起こる。すぐにエンジンがかかり、車は弾むようにして車線に飛び出していった。陽気な声が車外にも溢れ、風に乗り尾を引いて流れていく。


一行が走りだして一分後。

スーパーから一キロメートル近く後方にある崩れかけた小屋の陰から、一台の真っ黒な中型バイクが姿を現した。バイクを押しているのは黒革のライダーズジャケットに身を包んだ中肉中背のライダーで、ヘルメットも黒だ。フルフェイスなので表情は窺えない。ツヤのあるヘルメットは陽射しを浴び、時折反射してギラギラと鋭く光っている。それがそのままヘルメットの中の眼差しのようにも思えた。ライダーは真っ直ぐな道に目を凝らした。はるか先に裕次郎一行を乗せたワゴン車が見える。ライダーは一度頷くと、辺りを窺うような仕草を見せた後、素早くバイクに跨り舗装路に飛び出していった。

フドーアラルとイトウ釣り

ウランバートルを出発して五時間半。やっと一行の目の前にフドーアラルのツーリストキャンプが見えてきた。はるか前方の小高い丘の上に、白いゲルテントが整然と立ち並んでいる。テントの数も、かなりありそうだった。

「あれかぁ……やっと着いたかぁ」

裕次郎が後部座席から身を乗り出しながら、ため息交じりに呟いた。右手で腰をさすっている。草原の長時間ドライブは、予想以上に腰にくるものだった。

「やっとだねぇ」

中村もため息交じりで応え、この片道を振り返った。

フドーアラルまでの行程は舗装道路を走るだけではなかった。途中からは舗装道路をはずれ、草原にしっかりと刻まれた茶色い轍を追いかけながらの走行に変わるのだ。むしろそれからの方が長かったと言ってもいい。乗り心地は快適とは言いがたく、常に身体の上下動を伴い、窪地《くぼち》を乗り越える際のジャンプは遊園地のアトラクション的でさえあった。

草原に開いた無数の穴からは、タルバガンというプレーリードッグによく似た野生動物がヒョコヒョコと顔を出し、遠路はるばるの客を興味深げに迎えてくれていた。最初は見かけるたびに歓声を上げカメラを向けていた裕次郎らだったが、あまりにもたくさんいるため飽きてしまい、もはや見かけても何とも思わなくなってしまっていた。

時折GPSで確認しながらのダワァンの運転は極めて正確で、驚くべきことに草原も舗装道路と大して変わらぬスピードで疾走していくのだった。

裕次郎らは途中、小さな川の畔で昼食を取った。昼食はパンとクラッカー。ダワァンが抜いた軍用ナイフでフランスパンを切り、それにアノンがレバーペーストを塗っただけの極めてシンプルなものだ。それをミネラルウォーターでぐいぐい飲み込んでいく。なんてことのない食事なのだが、モンゴルの自然の中で食すと、実に味わいがあるのだった。おそらく風が運ぶ草原の匂いや川の匂いが、最高級の調味料の役目を果たしてくれているのだろう。

川原にはオボーが築かれていた。オボーとは土地の守護神を祀る石山で、賽《さい》の河原のように大小の石を積み上げたものである。裕次郎らが立ち寄ったオボーは、石が一メートル以上の高さに積まれている比較的大きな物だった。旅の安全を祈るためにモンゴル人は石を置きながらオボーの周囲を右回りに三周すると教えられ、さっそく三人も神妙な面持ちでやってみた。

さらに単調な草原の旅に飽きてきたのを察したアノンの提案で、行路の途中にあった遊牧民のゲルにも立ち寄った。父親が放牧に出ているというそのゲルでは、留守番役の姉と弟の二人が、突然の訪問客にもかかわらず馬乳酒とアーロールとびっきりの笑顔で一行を歓迎してくれた。旅人をもてなすのは、古来より遊牧民にとっては当たり前のことなのだという。

馬乳酒は馬の乳を発酵させて作る飲み物で、モンゴルでは一般的な夏の飲み物である。アルコール分も二パーセントほどあるが、遊牧民にとっては貴重な栄養源であり、子供から大人まで水のようにグイグイと飲む。実際にダワァンなどは、運転手なのに三杯もおかわりして飲んでいた。もっとも日本人の口にはなかなか合いにくい。かなり酸っぱくて、作るのに失敗したヨーグルトを飲んでいるような気分になる。さらに合わないのはアーロールだ。アーロールは酸味のある乾燥チーズということだったが、なんともその独特の酸っぱさには、正直辟易《へきえき》してしまった。中村などは一口かじった後すぐ、気付かれぬようにポケットにしまったほどである。それでも歓迎のもてなしには笑顔で応えねばと、裕次郎は気合を入れて飲み込み、引き攣りそうになる笑顔をやたらと振りまきまくっていた。

そんなこんなでさまざまな体験をしつつ、やっとこさでフドーアラルのツーリストキャンプに到着したのである。

「ほー、けっこう立派じゃん」

高さ一メートルほどの白い柵で囲まれた広大な土地に、ドアだけがオレンジ色をした白いゲルテントが二十棟以上も立ち並んでいる。敷地の広さは野球場と同じくらいはあるだろう。その割に正面の入り口は意外とこぢんまりしている。朱色の槍を二本突き立てた上に横木を打ち付けたアーチ状のゲートだった。その左手には等間隔にポールが立てられ、家紋のようなものが書かれた三角の旗が威勢よくたなびいている。白いゲルテントと朱色のアーチ、それに向こうに広がる紺碧の空とのコントラストが、なんともモンゴル的で目に鮮やかである。

入り口を入ってすぐ左手には白いコンテナハウスがあって、そこが受付になっているのだろう。車の音を聞きつけて、グレーのスウェット姿の若い女性が二人飛び出してきた。手続きはアノンに任せて、裕次郎らはダワァンが荷物を降ろすのを待った。

振り返ると、右手にはどこまでも草原が広がっている。とはいえ一面緑というわけではない。むしろ赤茶けた地面の範囲の方が勝っている。季節的なこともあるのだろうが、あまりの大地の広さに、草の成長が追いついていけないのではとさえ思えた。左手の地平線上には、黒々とした岩山らしきものが見えている。こうして眺めているだけでロマンをかき立てられ、無性に遠くに行きたくなる。あの向こうには何があるのだろう。あの岩山を越えたら何が待っているのだろう。遊牧の民も数百年前、当然同じ思いを抱いたはずだ。そしておそらく、かのチンギス・ハーンも……。大モンゴル帝国を築き上げるにしても、切っ掛けとなる最初の一歩があったはずなのだ。裕次郎は目を閉じ、静かに思いを馳《は》せた。ダワァンの車のエンジン音も止まり、辺りには風の音が渦《うず》巻いていた。小高い丘になっているので、時折風が足元から吹き上がってきて前髪を持ち上げる。中村も裕次郎の横で同じように思いを馳せながら立ち尽くしていた。だが悲しいかな、持ち上げられるだけの前髪が、すでに中村には無かった。ただパヤパヤとした薄毛が風にそよぐだけであった。


「うはははっ、すげぇーなぁー、けっこう広いもんだぜ」

「そうっすね。三人だと余裕っすね」

案内されたゲルテントのオレンジ色のドアには、『二番』のプレートが付けられていた。そこから食堂となるセンターハウスまでの距離は三〇メートルほどしかない。センターハウスの並びにはトタン屋根の小さな建物が二棟あって、そこがトイレとシャワー室だと教えられた。酒を飲んだ後のトイレのことを考えても、実に使い勝手の良さそうな距離である。武藤らの部屋はというと隣の三番のゲルテントで、二番テントからは一〇メートルほど南に離れていた。

ゲルテントの中に荷物を降ろすと、さっそく裕次郎はベッドの上に胡坐《あぐら》をかいて座り込んだ。裕次郎が座ったのは、一番奥のベッドである。いかにもこのゲルテントの主人であるといった風情で、胸を張り腕組みをしている。いくぶん鼻息も荒い。その手前、入り口を入って左右にもベッドが一つずつ置いてある。その左手を中村が使用し、右手の物はヒロシが使うことになった。

テントの中央には懐かしさの漂う小型の薪《まき》ストーブが置かれていて、そこから伸びた煙突が、天窓から空に真っ直ぐ突き出している。まだ昼間とあって天窓を覆うシートははずされていて、そこから太い陽光が差し込んでいる。ストーブの横には極彩色の模様がサイドに入った、背の低い朱色のテーブルが一つ。その周りに置いてある三個の朱色の椅子は、まるで幼稚園児の椅子のように小さく可愛らしい物だった。

八畳近い広さのゲルテントの天井には白熱電灯が一個ぶら下がり、おまけに電気のコンセントまでその近くにぶら下がっていた。差込口が三つあるテーブルタップである。

「草原のテントにしては、至れり尽くせりだな」

「そうだね。電気まで来てるんだもんね」

中村がスーツケースを広げ、中から紺色のジャージを取り出しながら応えた。ヒロシは物珍しげに、携帯電話のカメラでテントの中をあちこち撮影している。

「そういえば裕ちゃんのもう一つの旅の目的。例のゲルキャバ構想。どう、使えそう」

「おお、いけるぜ。中にいると癒されるって本当だな」

「うん。それになんとなくワクワクもする」

「それよ、それ」

裕次郎はパチリと指を鳴らした。

「小学校の頃よ、近くの神社の森で秘密基地ごっこをしたろう。あの時の感覚が蘇ってきたんだ」

「ああ、やったね。大木の洞《うろ》に藁《わら》を集めてきて敷いて、みんなで車座になってね。大した冒険をするわけじゃないのに興奮した」

「おお、あのワクワク感だよ。秘密基地ってコンセプトもいいかもな。男はこういうのに惹かれる生き物だからよ。実は途中で立ち寄った遊牧民のゲルテント。あそこで確信したんだ。これは使えるってよ。もっとも建物以上に気に入ったのは、初対面の俺たちを精一杯もてなしてくれたあの遊牧民の姉と弟の気持ちだ。あれこそ、おもてなしの原点だな」

「たしかに」

中村は深く頷いた。

「おもてなしの心、癒しの空間、秘密基地、そして美女」

裕次郎の頭の中の企画書に、次々とキーワードが書き込まれていく。

「どうですか、中の居心地は」

入り口のドアから武藤がひょっこりと顔を覗かせた。

「おう、快適だねぇ」

裕次郎が笑顔で頷くと、武藤も満足そうな笑顔を返した。

「それは良かったです。それじゃあ、少し休んだらヘルレン川に出発しますので、釣りの用意をしといてくださいね」

「おっ、イトウちゃんが待ってるな」

「そうっすねぇ、ううっ、興奮するっす」

ヒロシが大げさに身震いしてみせると、武藤は笑みを浮かべたまま顔を引っ込めた。

「裕ちゃんとヒロシ君にとっては、この旅一番のお楽しみだもんね」

中村がジャージに足を通して着替えながら言うと、裕次郎はベッドから勢いよく飛び降りた。

「おうよ。カメラを預けるから、トミー、記念撮影は頼んだぜ」

「わかってるよ」

「よっしゃー、ヒロシ、戦《いくさ》の準備だ」

「へい」

裕次郎とヒロシは揃って鼻息を荒くさせ、威勢よくスーツケースを開いた。


再びダワァンの運転するワゴン車に乗り込み、草原の道なき道を上下左右に揺られること五〇分。一行はヘルレン川の畔へと到着した。このヘルレン川はヘンティー山地に源を発している。ゆったりと東へと流れ、やがては大河アムール川へと注ぐ。アムール川といえば大物狙いの釣り人の間で知らぬ者はいない。ある種の聖地として崇《あが》められてさえいる。なにせそこには日本では幻の魚とされるイトウを始め、さまざまな巨大魚が生息しているというのだ。その支流的位置にあるヘルレン川にも、イトウの魚影は濃いという。相対的に釣り人の少ない河川においては、魚は釣り人慣れしていない。いわゆるスレていない魚の宝庫なのだ。

とはいえそれも数年前までの情報である。急激に近代化が進められている国においては、環境の悪化も予想以上に著《いちじる》しい。誰が竿《さお》を出しても大漁だった川から、一年後に魚影が消えてしまったなどという話があっても別におかしくはないのだ。もっともそれは昭和から平成にかけての日本の方が顕著《けんちょ》ではあるのだろう。なにせモンゴルの場合は広大な土地と人口密度の低さが、それを目立たなくさせている。つまりは分母が違いすぎるのである。

畔とはいっても川からは五〇メートルほど手前である。目の前には湿地帯が広がっていて車がはまってしまう危険があるため、ここからは歩いていくしかないのだ。

ダヴァンが湿地帯からわずかに車をバックさせて停めると、ドアが開くのも待ちきれぬ形相《ぎょうそう》で裕次郎とヒロシが勢いよく飛び出した。二人とも深緑色のフィッシングベストを着て、ウエーダーと呼ばれる胴長靴姿。ヒロシがカーキ色の長袖シャツにダイワの黒いフィッシングキャップをかぶっているのに対して、裕次郎は赤いチェックのシャツを着て鮮やかな深紅のバンダナを頭に巻いている。二人とも手には畳んだロッドを握り締め、釣り道具一式を詰め込んだデイパックを背負っている。

二人は無言のまま頷くと、まばらに草が生えている湿地帯に向かって駆けだした。先を行く裕次郎の真後ろに、ピッタリとヒロシが張り付くように続いていく。勢いをつけ浮島のような場所を見つけてはポンポンとテンポよく跳び、途中に流れている小川を跳び越えてからは一層早い駆け足になった。見事な走りで、陸上競技の障害レースを見ているようでさえある。二人が背負っているディパックは激しく上下に揺れている。その様子に見惚《みと》れていた残りの連中は、ダワァンが用意してきたマリンブーツに慌てて履き替えだした。

「来たぞぉー」

「モンゴル」

「釣るぞぉー」

「イトウ」

「行くぞぉー」

「ヘルレン」

まるで軍隊の号令のような掛け声が、草原を走る風に乗って流れていく。やがて正真正銘のヘルレン川の畔に立った二人は、しっかと二本の足を砂礫《されき》状の川原に踏ん張りながら、上流から下流へと視線をめぐらせ揃って息を呑んだ。

美しい川だった。日本人が忘れてしまった本当の川の姿だ。

豊かで蒼々とした水が、鮮烈に流れている。まだ手付かずの川なのだろう。日本の河川のように、工事の入った形跡はどこにもない。コンクリートのコの字も見えない。両岸はそれぞれ張り出した大地を深くえぐっている。川幅は思ったほど広くはなく、一〇〇メートル弱しかない。裕次郎らの手前は小石と砂の浅瀬になっているが、川の中ほどから向こうは濃い青色をしていて、かなりの水深と思われた。対岸の上はまばらな草地になってい て、そこからさらに五〇〇メートルほど先が、なだらかな丘になっている。

見ているだけでなんとなく胸が切なくなるような、不思議な懐かしさが込み上げてくる。それにどこかで見たことがあるような気もする景色なのだ。裕次郎はすぐに気付いた。この川を北上《きたかみ》川に例えると、向こうに見える小高い丘は平泉の高舘のようにも思えると。その高舘には、中村が追い求め続ける源義経を祀った御堂があるのだった。

見惚《みと》れている二人の横にダワァンが立ち、ニヤリと笑いながら親指を突き出した。

「おお、ダワァン。ここだな。あの太い流れの中にイトウがいるんだな」

少しかすれ気味の声で話し掛けると、ダワァンは頷き『タイメン』と呟いた。タイメンとはユーラシア大陸東北部に生息しているイトウのことで、正確にはアムールイトウと呼ばれている。世界最大級のサケ科の魚で、大きなものは実に二メートルにもなると言われているのだ。

「よっしゃー、やるぞ、ヒロシ」

「うぃーっす」

二人はデイパックをまばらな草地に下ろし、中からリールを取り出した。それだけで、なんだか手が震えそうになる。

裕次郎のタックルは、盛岡にある馴染みの老舗《しにせ》釣具店の店員が選んでくれたものだ。ロッド、つまり竿はシーバス用の八・六フィート。センチで表すと約二メートル六〇センチだ。リールは実績のあるABUアンバサダー4500C。ラインは強度を考え六ポンドのPEライン。そして魚を誘い出すルアーは、ミノーを中心に数種類揃えてある。もちろんフローティングとシンキングの両方だ。中でも店員が自信ありげに勧めたラパラRS－5というミノーを迷わず選んだ。

「よし、準備オーケーだ」

ラインの滑り出しを調節するドラグをいじりながら、裕次郎は振り返った。後ろではヒロシが準備を終えようとしていた。

「ん……ヒロシ、その竿は海釣り用じゃねぇのか」

「そうっす、投げ釣り用の竿っす。オレ、海育ちだから、こっちの方が性に合ってるし使いやすいっす」

「そうは言っても、相手はでけぇイトウだぞ」

「大丈夫っすよ。これで七〇センチオーバーのヒラメやスズキを釣ったこともあるっすから」

「そうか、ならいいけどよ。でも、俺だけ釣れた時に、道具のせいにするなよ」

「わかってるっすよ」

ヒロシは横目で裕次郎を一瞥すると、手早くシルバーのスプーンをセットして立ち上がった。黒いカラスも裕次郎が白いと言えばイエスと頷くヒロシだが、こと釣りに関してだけは親分子分の立場、いや上司と部下の立場も忘れてしまいがちになる。腕に覚えがあるだけに、抑えようとしてもつい鼻息が荒くなってしまうのだ。

「お前、自信があるんだな。そうだろう。そういえば最近釣り雑誌ばかり買い込んでたもんな。勉強嫌いのお前にしては珍しいと思っていたが、この野郎、何か秘策でも仕入れやがったか。くそっ、勝負だ」

「いいっすよ、受けて立つっす」

「あー、てめぇ、簡単に言いやがったな。おーし、俺に向かってよく言った。よし、どっちがでかいイトウを釣るか勝負するぞ。もしもお前が勝ったら、この新品の釣り道具一式くれてやる」

「おおー、いいんすか」

「バカ、お前が負けたら今夜の宴会で裸踊りだからな」

「よっしゃー、いいっすよ」

「くそっ、なんだその自信に満ちた明るさは。気にいらねぇ、腹立ってきた。よーし、今から二時間勝負だぞ。よし、スタートだぁ」

叫び終わらぬうちに裕次郎は上流に向かって一気に駆けだした。五〇メートルほど先に流れ込みが見えている。その下の白い泡の切れ目の辺りに目をつけていたのだ。一方のヒロシはというと、ゆっくりと立ち上がり下流に向かってテクテク歩きだした。どうやらヒロシは少し下流の静かな深場を一投目のポイントと定めたようだった。

「いくぜ、第一投。カモーン、イトウちゃーん」

水深が膝下程度の浅場に立った裕次郎は、一度深呼吸をした後、大きく振りかぶり奇声を発しながらキャストした。スルスルとラインが直線的に伸びていき、三〇メートルほど先の流れの中にポトリと落ちた。

「くそっ、このミノーだと軽くて思ったほど飛ばねぇな。狙ったポイントよりもちょっと手前だったか。まあ、いい、カモーン」

流れに負けぬよう、早めにリールを巻きだす。もちろん時折巻くスピードを変えたり、アクションを加えることも忘れていない。

「うおっ、来た」

いきなり手元が重くなり、竿先がしなった。

「フーック」

すかさず竿を立てて合わせる。その声を聞きつけて、後方で眺めていたダワァンが水飛沫《しぶき》を上げながら小走りで駆け寄ってくる。

「ん」

しかし思ったほどの手応えではない。リールを巻くと大した抵抗も感じずにスルスルと寄ってくる。

「こりゃイトウじゃねぇな。まぁ、いいか、モンゴルでの初物だ」

さらにリールを巻いてくると、蒼い流れの中に魚影が見えてきた。どう見ても三〇センチに満たないサイズだった。難なく足元まで寄せてきて、一息に持ち上げる。

「なんだ、フナみてぇな奴だなぁ」

ぶら下げられた魚は、このサイズにしては胴が太く、日本のフナによく似ていた。シングルフックの針が、しっかりと口の横に刺さっている。傍らに立つダワァンが魚を指差し、笑いながら早口で何か言った。おそらくその魚のモンゴル名なのであろう。

「何、なんでもいいよ。まぁ、せっかくだから俺様が命名してやるぜ。そうだな、これは今日からモンゴル・ズンドウブナと名付けよう」

真面目な顔で言い返すと、裕次郎は魚の口に掛かった針をやさしくはずし、丁寧に流れの中に返してやった。

「大きくなれよ、モンゴル・ズンドウブナ。次に来る時はイトウになってろよ」

無茶苦茶なことを言いつつも、気分は悪くない。とりあえず一匹釣り上げてボウズは免《まぬか》れたのだ。

「幸先いいぞ。さぁ、次こそ本命だな」

裕次郎はダワァンに笑いかけ、再びロッドを大きく振りかぶった。

それから一時間近く。予想を裏切って、裕次郎にはその後当たりさえ無かった。最初のポイントに早々と見切りをつけると、裕次郎は上流に向かって歩きだした。歩きながらポイントを探しては、立ち止まってキャストを繰り返したが、まったくといっていいほど手応えは無かった。

集中しきれていないせいもある。時折視線を感じるのだ。ワゴン車に乗っていた時に感じたあの気配。そのたびに対岸の草地や丘に目をやるのだが、そうするとたちまちその気配は消えてしまう。少しばかり神経質になりすぎているのかもしれなかった。

裕次郎は川原にロッドを置いて座り込んだ。振り返ると、どこまでも草原が続いている。先の見えない風景。ただ、ただ、平らな大地だ。本当に何もない。少し離れた所でアノンや中村らが記念撮影をしている。それ以外に動いているものはない。

「俺はいったい何してるんだろう」

なぜか、そんな言葉が口から飛び出した。裕次郎はそのまま川原に寝転んだ。真上には青い空しかない。頭の天辺から爪先まで、視界はどこまでも青い空だ。ふと、地球の色だ、と思った。初めて地球を見た宇宙飛行士、ガガーリンの言葉を思い出したのだ。『地球は青かった』と。その言葉を思い出した瞬間、自分の意識が空を突き抜けていく感覚があった。一直線にだ。行き着いた先は、漆黒の世界。宇宙だった。闇にポッンと一人で浮いている感覚。なんだか急に自分が小さな存在に思えてきた。不思議だった。広大な草原も大河も、宇宙の中では極めて小さな地形にしかすぎない。ましてやその小さな地形に向かい、あれこれ策を練りながらジタバタしている自分。そんな自分は本当に塵芥《ちりあくた》のようなちっぽけな存在なのだろう。いや、人間はみんなそうだ。塵芥のくせして、肩肘張って生きている。こんなこと、日本にいる時は一度として考えたことなどなかった。それを強制的ではなく、ふいに考えさせるモンゴルという土地の不思議さ。これもモンゴルの魅力の一つに違いなかった。

「ありがとうよ。教えられたよ。なんだか、借りができた気分だ」

心地よい風が吹いてきて、汗ばんだ肌を撫でた。耳の近くを通り過ぎていく風の音が、ちっちぇえ、ちっちぇえ、と聞こえてきて裕次郎は笑いだした。

「たしかに俺はちっちぇえよ。でもな、決して卑屈にゃならねぇぜ。一寸の虫にも五分の魂って言うだろう。それを忘れちゃ、男じゃねぇ。なぁ、聞こえてるかい、モンゴルよ」

裕次郎は勢いよく立ち上がると、殊勝な気分を振り払うように背伸びした。

とはいえ、その後も裕次郎のロッドがしなることはなかった。途中、対岸に二人の釣り人の姿を確認した。一〇〇メートル近い川幅があるため直接邪魔にはならないが、彼らはこれ見よがしに裕次郎の真向かいで挑発するように竿を出し、中型のマスを釣り上げるたびに中指を突き上げ奇声を発した。マナーの悪さに腹を立てても、間には大河が流れている。向こうに渡るためには、数百メートル下流にある橋を渡らなくてはならない。後ろで眺めていたアノンの話では、最近やたらとこの一帯に出没しているロシア人だろうということだった。素行が悪くて困っているとツーリストキャンプの支配人が顔をしかめながら話していたというのだ。

「ダメだ。今日はツイてねぇや」

元々熱しやすく冷めやすいタイプの人間である。集中力も、せいぜい持って一時間少々。ましてや腹を立てながらの釣りである。すっかりやる気を失った裕次郎は、荒々しく竿を振り回しながら、ヒロシの立つポイントに向かって下りだした。

ヒロシは最初に攻めたポイントから、わずか三〇メートルほど下流の浅い早瀬に立っていた。立ち位置の水深は膝上程度で、そこから川の真ん中辺りにあるトロトロとした緩い流れに向かって、黙々とキャストを繰り返している。日本から持ってきたルアーは一通り試したが、反応はほとんどなかった。唯一銀色のスプーンに反応があったのが、今キャストしているポイントだった。その様子を見て近付いてきたダワァンは、スプーンが小さすぎるというジェスチャーを見せた。そして自分のルアーケースの中から、ヒロシが見たこともない形で、しかも見たことのないサイズのルアーを取り出して勧めた。それは何かの皮と毛で包まれたネズミのような形をしたルアーで、大きさも二〇センチ以上はあるバカでかさだった。裕次郎の格言癖に付き合って覚えた『郷に入りては郷に従い』という諺《ことわざ》が閃《ひらめ》いたヒロシは、躊躇せずにそのルアーにチェンジをした。

「信じる者は救われるぅー」

そう叫びながらキャストしたヒロシは、ルアーが着水した後、ゆっくりと数字を数えだした。

後ろの川原では武藤とアノンが座り込み、暢気《のんき》に日向《ひなた》ぼっこを楽しんでいる。その横にいる中村は、時折デジタルカメラを取り上げては、ヒロシの背中をとらえていた。彼らの前を斜めに横切った裕次郎は、水飛沫を上げぬよう静かにヒロシの後方に近付いていった。

「おーい、勝負は引き分けでいいぞ」

「なに言ってんすか、まだ終わってないっすよ」

ヒロシは振り返りもせずに言い返した。数字を五まで数えて、ロッドを少しだけあおってみる。

「チェッ、相変わらず諦めの悪い奴だなぁ。本当、女の子に何度フラれても諦めねぇし、魚もそのしつこさには呆れるだろうぜ。だいたいなぁ、お前が先月夢中になってた女の子。えーっと、ムーンライトってキャバクラのモエちゃんだっけ?」

「キタ――ッ!」

裕次郎のネチネチが終わらぬうちに、突然ヒロシが甲高い声を上げた。

「なにぃぃぃぃぃぃ」

裕次郎が釣られて叫ぶ。見るとヒロシのロッドが大きく弧を描いている。リールからはギシギシと音が鳴り出していた。

「タイメ――ン!」

傍らに立つダワァンが、うれしそうに叫びながら裕次郎を振り返った。

「わぁぁぁぁー、本当に来たってかぁ――」

目を白黒させながら、裕次郎はダワァンと並ぶ位置に進んだ。慌てたせいで、水に足を取られそうになる。

「うわぁぁぁぁぁ——っ！」

ヒロシは叫びながら腰を落とし、魚の激しい引きに耐えている。

「負けるなぁー、堪えろぉぉぉ——っ」

「うおおおお——っ！」

「○△×○△×○——っ！」

ダワァンまで、意味不明のモンゴル語で叫んでいる。こうなると南米のサッカー中継のようである。それぞれが実況アナウンサーさながらに、語尾を長く伸ばして繰り返し叫びまくっているのだ。やかましいことこの上ない。もちろん最初に冷静さを取り戻したのは、ガイド役のダワァンである。いつまでもバカな日本人に付き合っている場合ではないと気付いたのだろう。ダワァンは身振り手振りでヒロシに指示を与えだした。それが通じたのかどうかはわからないが、一応ヒロシも無闇に叫ぶのは止めて、歯を食いしばりながら竿を右側にあおった。一瞬手応えが軽くなったのを感じ、急いでリールを巻く。次の瞬間、前方の緩やかな鏡のような水面が噴火したかのように割れ、白い腹を見せた巨大な魚が勢いよく宙に躍り出た。

「イトウだ……」

あんぐりと口を開けたまま、裕次郎はその姿に見惚れた。出発前に見た資料DVDの映像そのままの魚体だった。日の光を浴びて銀色に輝く大きな魚体が、身をくねらせながら水面に落ちてゆく。たちまち噴水のように上がる水飛沫。白く跳ね上がった飛沫が水面に戻るのを見ていて、やっと裕次郎は我に返った。

「よっしゃー、ヒロシ。絶対釣り上げろよ」

「ういっす」

そこからは重さとの戦いだった。思ったほど無秩序に暴れるような相手ではなかったが、なんといっても経験したことのない巨大サイズである。寄せるだけで一苦労も二苦労もしなければならない。巨大魚との綱引きである。ある程度リールを巻いてホッとしていると、いきなりダーッと走りだす。そのたびに同じ動作の繰り返しとなる。そうしている間にどんどん二の腕や腰に疲労が蓄積されていく。まくった袖から覗くヒロシの逞《たくま》しい腕は、すでにカッチカチに強張っていた。

「ガンバレ、ヒロシ。我慢くらべだ」

「うい……っす」

習慣で一応返事はするのだが、まるで虫の息のような心細さである。たまらずダワァンが代わろうかというジェスチャーを見せたのだが、それに対してヒロシはキッパリと首を横に振った。

　地面を釣っているかのごとく見事な弧を描いたロッドに、ギリギリと不気味な唸りを上げるリール。静謐《せいひつ》な大地と大河の中で、それだけが動いているようだった。

　いつの間にか風が止み、ヒロシの荒い息と裕次郎の唾を飲み込む音がした。

　やがてモンゴルの神はヒロシに微笑んだようだった。地道な作業の繰り返しながら、確実に獲物は近付いてきている。その銀色の魚体を近くで確認できるようになると、再びヒロシの腕に力が漲《みなぎ》った。確かな手応えで、獲物をぐんぐん足元に寄せる。さすがの巨大魚も疲労したのだろう、ユラユラと水面近くを素直に漂ってくる。近付くとその大きさに圧倒された。いわゆるメーター級というやつで、サイズは一メートルを超えているように感じられた。

　勝負はついた。ヒロシにとってはとてつもなく長く張り詰めた時間に感じられたことだろうが、実際のところ格闘時間はせいぜい十数分にしかすぎなかった。

「でけぇ……」

　覗き込んだ裕次郎が、目を丸くさせたまま呻いた。言葉が続かない。ヒロシも何か応えようとしたのだが、声がかすれて出なかった。

　しかし、ここからが問題だった。魚をすくうタモ網がないのだ。いや、あったとしても日本サイズのタモ網では到底すくえない。川に仕掛けるカジカ網でも入りきらないだろう。さて、どうやって魚を川原に持っていこうかとヒロシが疲れ切った頭で考えていると、傍らからダワァンが目の前に太い腕を伸ばしてきた。ダワァンは躊躇せずイトウの大きく開いたエラに右手を突っ込み、左手を魚体に回すと一息に抱え上げた。

「コングラチュレーション、オメデトウ」

ダワァンは力の入った顔でヒロシに笑いかけながら、一緒に川原に戻るように顎で指示した。

「ああ……サ、サ、サンキュー」

すっかり力が抜けたようで、もつれるような足取りでヒロシはダワァンに続いた。その水飛沫を浴びながら、重い足取りで裕次郎がやってくる。

「負けたぁ……やられた……でけぇ……まいったぁ……なんてこったよ……でも、でけぇ……すげぇ」

やっと出始めた言葉が、今度は止まらない。

「スンゴーイ」

「やったな、ヒロシくん」

川原で待ち受けるアノンや中村は、勝者に次々と賞賛や驚嘆の声を浴びせた。武藤はデジタルカメラのシャッターを無言で切りまくっている。おそらく次のツアーパンフレットにでも使うつもりなのだろう。実際にイトウが釣れたわけだから、新企画のツアーも成立するわけで、彼の頭の中ではすでに商売用の電卓がピピッと表示されているに違いなかった。

ヒロシは川原に力なく座り込んだ。両腕がまだ強張っていて重かった。ふーっと大きく息を吐く。その横にダワァンがドスンとイトウを横たえた。イトウは尾鰭《おびれ》を少し振った程度でおとなしくしている。

「マジでかいっす」

あらためて自分がこれを釣り上げたのだと思うと、心の底から笑いが込み上げてきた。ヒロシは横たえたイトウに並ぶ恰好で仰向けになった。その姿を武藤と中村が上からカメラに収める。ダワァンは慣れた手つきでイトウにメジャーをあてがった。その数字をアノンが読み上げる。

「一メートル一二センチです」

その数字をヒロシは頭の中で反芻《はんすう》しながら起き上がった。

「やりましたね、おめでとうございます」

武藤がヒロシに握手を求めてきた。頭をかきながら応じると、その後ろから裕次郎がひょっこりと顔を覗かせた。裕次郎は腕組みしたまま、眉間に皺を寄せている。その端正な眉が、一瞬ピクリと動いた。

「うわっ、なんすか」

ヒロシが習慣的に恐怖を感じて横に飛び退《の》くと、すかさず裕次郎の回し蹴りが襲ってきた。

「この野郎、やりやがったな」

「うわわっ」

ヒロシはさらに飛び退く。そこへ今度は後ろ回し蹴りが続いた。

「くそー、おもしろくねぇ」

だが激しい攻撃はここまでで、そのまま裕次郎は仁王立ちした。

「……けど、勝負は勝負。ヒロシ、今回はお前の勝ちだ。くそっ、次は負けねぇからな」

そう言って裕次郎は笑いを浮かべ、自分のロッド一式をヒロシに手渡した。

「いいんすか」

「おう」

「マジで、いいんすか」

「しつこいぞ」

「でも、気が変わったなんて」

「怒るぞ、この野郎」

「なら、ありがとうございまーっす」

「うむ」

なんとか気持ちよく勝利の儀式が終わったのを見届けて、周りの四人は拍手をした。照れくさそうに頭をかくヒロシに裕次郎は耳打ちした。

「最後はカッコよくリリースだぜ」

「へい」

力強く頷くと、ヒロシは横たわったイトウを勢いよく持ち上げて水辺に運んだ。ここまでくると重さもさほど気にはならない。それよりもこんな重い相手に勝ったのだという喜びの方が上回っている。ヒロシは魚体が半分ほど水に浸かる程度の浅場を見つけ、やさしくイトウを水に下ろした。しばらくは両手で魚体を支える。イトウの回復状態を見ているのだ。思ったほど時間がかからずに元気を取り戻したイトウは、やがて尾鰭を激しく左右に振りながらヒロシの手を離れ、深緑色したトロ場に戻っていった。

「やっぱりイトウはすげぇなぁ……」

そう言ってため息をついた裕次郎に向かって、ヒロシは広げた右手を差し出した。

「今になって手が震えだしたっす」

ヒロシの右手は、別の生き物のようにプルプルと小刻みに震えていた。

「重量級相手のバトルだったからな。それとも今頃ビビりだしたのか、へへっ。まぁ、その感触を忘れるなよ。今回の旅の一番の思い出になるかもしれねぇからな。いや、これは一生の宝物かもな。まったく、やられたぜ」

裕次郎は頭に巻いた深紅のバンダナをはずし、首筋の汗を拭いた。

「釣りって、いいっすねぇ」

「ああ……釣りは最高だな」

満面の笑みを浮かべるヒロシの横で、裕次郎も目を細めて余韻《よいん》に浸っていた。

まったりとした時間が少しは続くかと思われたのだが、残念ながらそれは予期せぬ事態に破られた。

「ん」

ただならぬ気配を察知して声を発した裕次郎とほぼ同時に、その場にいた全員が一斉に上流部に目をやった。激しい馬の鳴き声が聞こえてきたのだ。空に突き刺さるような鋭い嘶《いなな》きだった。目を凝らすと川のこちら側を一頭の馬が駆けてきている。まだかなり遠くだが、時折立ち止まっては川に入ろうと様子を窺っているかのようだった。馬上には遊牧民の姿。だが何が起きているのか裕次郎らには判断できなかった。

いきなりダワァンが早口で何か叫んだ。こうなると視力五・〇のダワァンが頼りである。ダワァンは対岸側の川の流れを指差している。すぐにアノンが訳した。

「人が流されているそうです。子供のようだって」

「なにぃ」

「それで馬で追いかけてるんだね。裕ちゃん、助けなきゃ」

「おう」

上流に向かって駆けだしたダワァンを横目に、裕次郎は素早くフィッシングベストを草地に放り投げ、急いでウエーダーを脱ぎだした。武藤が放り投げられたフィッシングベストを慌てて拾い上げながら止めに入った。

「やめてください。水は雪解け水でとても冷たいんです。もしも心臓マヒなんて起こされたら」

武藤は観光業者である。客の身を案じるのは当然だった。

「心配すんな。泳ぎにはちょっとばかり自信があるんだ。迷惑はかけねぇよ。それより何か。モンゴルじゃ困っている人がいても、見て見ぬ振りしろって教えてるのか」

裕次郎の激しい剣幕に、武藤は言い返せなかった。困ったように細い眉毛を八の字にしたまま立ち尽くしている。

靴下を放り投げた裕次郎は、ジーンズのベルトを外すと一気に脱ぎ捨てた。下は黒いビキニパンツだ。付け根から張り出した大腿《だいたい》伸筋群はスケート選手を思わせる。競走馬のように盛り上がったふくら脛《はぎ》は黒光りし、鍛えられた筋を見せている。その筋肉の収縮を見ただけで、この男がただ者ではないことに誰もが気付くだろう。トレーニング量は減ったとはいえ、身長と体重はかつて水泳の全国クラブ選手権で日本新記録を叩き出した時とまったく変わっていなかった。その姿に一瞬息を呑んだアノンは、思い出したかのように慌てて駆け寄った。

「モンゴルには海もないしプールもほとんどありません。だから泳げない子の方が多いんです。大人だってそうです」

「そうか、なら余計危険だな。急いで助けなきゃ」

返答しながら裕次郎はチェックの赤いシャツを脱ぎ捨て、残った白いTシャツを躊躇《ためら》うことなくまくり上げた。

「あっ」

声を発したまま武藤が目を見開いた。裕次郎が脱ぎ捨てた赤いシャツを拾おうとしたアノンも、息を呑んだまま中腰の姿勢で固まっている。

その視線の先に一匹の唐獅子《からじし》がいた。

裕次郎の背中に刻まれた唐獅子牡丹《ぼたん》の刺青《いれずみ》だ。口を開けて吼《ほ》える深緑色の唐獅子と真っ赤な牡丹の花が二輪。唐獅子の口から覗く舌も真っ赤だった。

再び馬の鋭い嘶きがした。今度は近い。その嘶きで武藤とアノンは我に返った。

「ギリギリか。ヒロシ、トミー、サポートしろ」

「へい」

「わかった」

黒いビキニパンツ一丁で、惜しげもなく刺青と筋肉の塊をさらけ出した裕次郎は、裸足で浅瀬を駆けだした。その後をウエーダー姿のヒロシが水を蹴立てて追いかける。少し遅れて中村が続く。中村はマリンブーツなので深場まで行けず、川の途中で様子を窺っている。

「冷てぇーっ」

太股《ふともも》まで水に浸かった裕次郎が悲鳴を上げている。ウエーダーをはいている分には大して気にならないのだが、たしかに水は武藤の言うように山岳部から流れてくる雪解け水なのだ。その冷たさは想像以上で、無数の針を肌に突き立てられているかのようだった。

「うううう一っ」

呻きながらも裕次郎は引き返さない。唇を強く嚙み締めながら深場に向かって進んで行く。顔面が見る見るうちに紅潮《こうちょう》してきた。それでも前に進む。その深さが腰に達した。流れも太く急で、一瞬でも気を許すと体を持っていかれそうになる。裕次郎は水面に微《かす》かに顔を出した岩につかまり、歯を食いしばって耐えた。

「子供はどこだぁー」

寒さしのぎに声を張り上げると、激しい水音の向こうからダワァンの声が返ってきた。ダワァンは五〇メートルほど上流の流れを指差しながら川原を駆けてきている。ダワァンと併走するようにやってくるのは中型の栗毛の馬だ。馬上にはまだ若そうに見える男の姿。遊牧民の正装である灰色のデールを身にまとっている。男の目も川の流れから離れない。進行方向は見ずに、手綱を操りながら馬に任せているようだった。

再びダワァンが叫んだ。すぐにヒロシの甲高い声が続いた。

「あそこっす。流れの中心からは少しこっち寄りを流れてきたっす」

裕次郎は歯を食いしばりながらヒロシの指差した方向を目で追った。いた。見つけた。青い流れの中に黒い髪の毛が浮かんでいる。流芯からは少しずれているため、急流に巻き込まれてはいない。しかし大丈夫なのか、生きているのか。こんな短時間でもこれだけ体は冷えているのだ。体温の低下は……。

さまざまな思いが瞬間的に裕次郎の頭を駆け抜けた。だが考えている余裕などない。一刻を争うのだ。ええい、ままよ。

流れてくるであろう位置を確認して、裕次郎は流れの中に飛び込んだ。水泳選手とはいえ、さすがにプールのようにはいかない。水が勢いよく押してくるのだ。それでも裕次郎は力強い泳ぎで懸命に流芯の脇に辿り着いた。すぐ目の前に子供の体が近付いてくる。水に洗われる木の葉のように、力なく流れにもまれている。裕次郎は立ち泳ぎをしながら右手を伸ばした。その手を弾くような勢いで子供の体が流されてきた。慌てて手を伸ばし直して衣服をつかむ。

つかんだ。今度はうまくいった。すっかり水が染み込んだ青いデールに、ガッチリと爪を突き立てて引き寄せる。小さな男の子だ。まだ小学校の低学年くらいだろう。裕次郎は左手を添えて抱き寄せ、子供の顔を持ち上げた。顔面は蒼白に近い。だが様子を見ている暇はない。そのまま抱き上げて背泳ぎの恰好で流れを横切りながら戻る。こうなると鍛えた足の力だけが頼りだ。水面下でしなやかに、かつ力強くキックする。水の勢いに流されながらも、なんとか斜めに移動できている。浅瀬はもう少しだ。

「こっち。こっちーっす」

激しい水音を切り裂いて、ヒロシの声が聞こえてきた。その声だけを頼りに裕次郎は死に物狂いでキックした。沸騰《ふっとう》中のアドレナリンのせいだろう。ひどく冷たい水の中にいるはずなのに、裕次郎の体は火がついたように熱かった。

蹴る。蹴る。ひたすら力強く水を蹴る。

裕次郎は吼《ほ》えたかった。無性に吼えたかった。だが、口を開けるとたちまち水が入り込んでくる。仕方なく口を真一文字に結び、言葉にならぬ唸り声を発しながら水を蹴った。すぐに踵《かかと》がざらついた水底に触れた。それと同時に後ろから手が伸びて、裕次郎の体を支えた。ヒロシだった。

「オレが運ぶっす」

ヒロシはウエーダーをはいたまま、腰の深さまで水に入っていた。

「おお、頼む」

はっきりと声に出して言ったつもりだったが、歯が激しく震えだしてまともな言葉にならなかった。裕次郎は子供の体を持ち上げヒロシに託した。子供とはいえ着ているデールがたっぷり水を吸っているため、想像以上にその体は重かった。

「うおーっ」

裕次郎の代わりと言わんばかりに吼えたのはヒロシだった。ヒロシは子供の体を肩に担ぎ上げると、そのままの勢いで水をかき分け川原に直進して行った。裕次郎はホッとしながら体を起き上がらせた。しっかりと砂地の水底を蹴るようにして立ち上がる。体を真っ直ぐにすると髪の毛を伝い、水が汗のように滴ってくる。体から立ち上る白い湯気。ぼやけた視線の先には中村の姿があった。中村は柱のようになって浅瀬に突っ立っている。

「こ、こらトミー、ボーッとすんな。人工呼吸だ。こ、こ、こないだクラブで講習会やったばかりだろ」

裕次郎は歯をガチガチ鳴らしながら叫んだ。

「わ、わかってる」

上ずった声で中村は応えると、慌ててゼンマイ仕掛けの人形のように動きだした。危なっかしい足取りで一歩前に出て、近付いてくるヒロシを迎え入れる。

二人で子供を石ころだらけの川原に横たえると、すぐにアノンが駆け寄り子供の顔と髪をピンクのハンドタオルで拭いた。馬から飛び降りた青年とダワァンも石を蹴って駆け寄ってくる。中村は片膝を立て、子供の傍らにしゃがみ込んだ。反応を確かめ、それが無いのを確認すると、覚悟を決めたように一度深呼吸をした。手を子供の額に当て、もう一方を顎先に当てて頭を後ろにのけぞらせる。そうして気道を確保すると、すぐに人工呼吸を始めた。マウスツーマウスで息を吹き込む。中村も必死だ。

何事か叫びながら駆けてきた青年は、慌てて子供の傍に片膝をついた。取り乱した様子でそのまま子供の体に縋《すが》り付こうとしたのだが、それはダヴァンが諫《いさ》めた。

中村は続けて心臓マッサージを始めた。胸骨を圧迫して全身に血液を送るのだ。アノンに頼んでデールの正面を開けさせると、子供の傍らに両膝を揃えてつき、胸の真ん中に両手を重ねて垂直に押した。胸骨圧迫は通常強く、速く、絶え間なくと習うのだが、相手が子供とあれば別だ。手加減が必要になってくる。中村は声に出しながら慎重に胸部圧迫を三〇回行った後、再び人工呼吸に戻った。

「中村さん、疲れたら言ってください。いつでも代わるっすよ」

隣に座り込んだヒロシの言葉に、中村は無言で頷いた。

青年は涙声で何度も同じ言葉を繰り返している。おそらくその子供の名前なのだろう。青年はまだ横顔に幼さが感じられた。年齢は二十歳を過ぎたばかりといったところだろう。だとすれば子供は弟か。必死さに打たれ、アノンも一緒になって子供に呼びかけている。

「だ、だ、大丈夫だぁ……し、し、信じろおおおお、ううううっ」

言葉は通じなくとも気持ちは通じるのだろう。体をエビのように曲げてガタガタ震えながらパンツ一丁で裕次郎が近付いてくると、青年は慌てて顔を上げた。裕次郎は武藤から自分が着ていた物を受け取ると、白いTシャツをタオル代わりにして体を拭いた。

「黒沢さんこそ、大丈夫ですか」

武藤が困った顔でチェックのシャツを着せようとした。

「み、み、水から上がったら、す、す、凄まじい震えがきた。あわわわわっ」

ひきつけを起こしたかのように体をのけぞらせ、あちらを向いた裕次郎の筋肉質の背中に、顔を上げていた青年の目が釘付けになった。一瞬にして目は大きく見開かれ、視線は裕次郎の背中の一点に注がれている。唐獅子だ。青年は何事か意味不明なことを口走ったかと思うと、今度は裕次郎に向かって平伏した。その言葉を聞きつけて、ダワァンは驚いたような顔で裕次郎の背中を凝視している。

「な、な、なに、いいってことよ。こ、こ、困った時はお互い様だ。ひょ、ひょ、表彰状とかいらねぇからな。け、け、警察に行くの嫌だしさ。へへっ」

ダワァンが我に返ったように目をそらせ、平伏する青年の頭を上げさせようとした。しかし青年は激しく頭を振り、再び大地に額をこすりつけた。なにか呪文のようなものを唱《とな》えている感じだった。

「そうじゃないみたいですね」

武藤が訝《いぶか》しげに首を捻った瞬間、アノンが甲高い声を発した。

「目を開けたわ」

「生きてるっす」

ヒロシの歓声が続いた。

平伏していた青年も気付き、慌てて子供に縋り付いた。子供は薄目を開けたまま、何か呻いている。その傍らでは、中村が尻餅をついたような体勢で呆けていた。

「よくやったな、トミー」

「うん、無我夢中だった」

ため息交じりに中村が頷いた。

「それより体温の低下が著《いちじる》しいから、早く着替えさせなくっちゃ。ヒロシ君、そのシャツを貸しなさいよ」

「へい」

中村とアノンが急いで子供のデールを脱がせようとしたのだが、水をたっぷり含んでいるため手こずっている。なんとか脱がせると、アノンは武藤が持っていたタオルで子供の体を強く拭いた。乾布摩擦《かんぷまさつ》のようだった。その間にヒロシは自分が着ていたカーキ色のシャツを脱ぎ、用意のできた子供に着せた。さらにアノンがピンク色のヨットパーカーを脱いで、子供の体を手際よく包んだ。

「家が近いのなら、すぐに帰った方がいい。とにかく暖かくしてやるのが一番だ」

裕次郎の言葉をアノンが伝えた。青年は深く頭を下げると指笛を鳴らし馬を呼んだ。川原の道で控えていた栗毛の馬が小走りで駆け寄ってくる。青年は軽々と子供の体を馬に抱え上げると、自分もその後に続いて跨った。馬上で再び一礼し、青年は馬の横腹を軽く蹴った。馬は勢いよく走りだし、川原の道に飛び出すと一目散に北上して行った。

「あー、本当に助かってよかったなぁ」

まだ下半身はパンツ一丁というみっともない姿で、裕次郎は川原に座り込んだ。

「そうっすねぇ、よかったっす」

ヒロシも息を吐きながら隣に座った。

「助かったからいいけど、でも無茶よ」

ぐったりとした中村が覗き込むように顔を横にした。

「あの状態で見て見ぬ振りなんかできるかよ。なにもせずに指くわえてて後悔するくれぇなら、その日から金輪際《こんりんざい》男なんて辞めちまった方がいい。なにせ俺たちゃ、義理と人情に厚い日本男児なんだからよ。なっ」

「はーあ、裕ちゃんといると心臓がいくつあっても足りない感じがする」

「退屈しねぇって言ってくれ」

「まったく、もう」

中村がくすくす笑いだすと、裕次郎とヒロシは高らかに笑いだした。

「まいりましたよ、皆さんには」

裕次郎の正面に武藤が力なくペタリと座り込んだ。武藤は黄色いハンカチで目頭を拭っていた。

「黒沢さんの言う通りですね。私は都合のいい時だけ日本人で、都合が悪くなると日本人じゃなくなっていた。なんだか殴られたような気分です。それなのになんだろう、とても気持ちがいい。ははっ、皆さんのようなお客さんは初めてですよ」

「へへっ」

鼻水をすする裕次郎を見下ろしながら、アノンが続いた。

「そうです。私は本当の日本人に会えたような気がしています。大和魂《やまと》です。そう大学で習った武士道を思い出しました。武士道では……」

アノンが、話し終わらぬうちに、今度はダワァンがしゃがみ込んで勢いよく裕次郎に抱きついた。

「おいおい、よせよ。俺はそっちの気はねぇんだ。抱きつくならトミーにしろって」

言葉が通じたとは思えなかったが、ダワァンは何事か言いながら中村に抱きつき、さらにはヒロシを抱き締めた。その言葉をアノンが通訳した。

「ダワァンは感謝の気持ちを伝えています。モンゴルの民を代表して礼を言うと。そしてあなた方には必ずやチンギスの祝福があるだろうと言っています」

「おいおい、モンゴルの民を代表してって、ずいぶん大きく出ちゃったな。ダワァンの奴、まるで大統領みてぇだぞ」

裕次郎の言葉に、再び笑いが起こった。誰もが爽やかな笑い声を上げていた。

「それにしてもあの少年は、なんでまた川になんか落ちたんだ」

裕次郎の問いをアノンがダワァンに伝えた。ダワァンは急に険しい顔付きになり、早口でまくしたてた。それをアノンが得意の早口で訳す。

「さっきの青年が馬上で叫んでいたそうです。弟はロシア人に大事な帽子を落とされた。拾おうとして川に入り流された。対岸でそれを見て、慌てて馬で追いかけた。あれほど奴らに近付くなと言っていたのに、と」

「なに、ロシア人だと」

「あの釣りしてた二人組っすよ。態度悪かったすからね」

「くそぉ、ひでえことしやがるな。相手は子供だぞ。今度会ったらただじゃおかねぇからな」

「まぁまぁ、裕ちゃん」

瞬間湯沸かし器となりそうな裕次郎に気付いて、中村は慌ててなだめた。

「それにしてもあの青年、いきなり黒沢さんに向かって平伏して、なにか呪文のようなものを唱えてましたよね。あれ、何て言ってたんだろう。気になるな。アノン、聞こえてた？」

煙草に火をつけながら座り込んだ武藤の問いに、アノンは首を傾げながら答えた。

「はっきりとは聞き取れませんでしたけど、たしか……地、乱れし時……蒼き獅子に従え、とか聞こえました」

「なんじゃ、そりゃ」

「さぁ……蒼き狼ならチンギス・ハーンのことでしょうけど、蒼き獅子なんてのは初めて聞きますね」

煙草をくわえたまま腕組みする武藤に、中村が言った。

「蒼き獅子は裕ちゃんの背中の唐獅子のことだろうね。刺青そのものに驚いたんじゃなくて、その絵柄に驚いたのかな。なにか彼にとって意味のある絵柄なんだろうね」

「へっ、このモンモンがねぇ」

裕次郎は立ち上がり、濡れたパンツの上にジーンズをはきだした。足の筋肉が疲れているせいか、片足を入れたとたんによろける。アノンは目をそらしながらダワァンに話し掛けた。するとダワァンは急に目を泳がせ、たどたどしい口調で答えた。その答えに、アノンは首を捻った。

「ダヴァンも聞いたそうです。地、乱れし時、彼方より蒼き獅子現る。獅子に従え、と。そしてこうも言ったそうです。偉大なるシャーマン、ココチュの末裔《まつえい》が言っていたのは貴方《あなた》だったのか、と」

「何だ、それ？」

目を丸くする裕次郎の横で中村が手を叩いた。

「ココチュって言ったら、チンギスの時代を代表するシャーマンよ。たしか『集史』にも登場してるはず。神は汝《なんじ》に、世界の帝王になれと命じておられる、って告げたの。このお告げのおかげで、チンギスは軍事だけじゃなく、宗教的権威も手にするわけ。つまり、あの時代の王としての資格を手にするわけよ。そう、チンギス・ハーンと名乗りなさいって伝えたのもココチュよ」

「へー。そうは言っても人違いだぜ。俺の家系をいくら遡《さかのぼ》っても、モンゴルとは繋がらねぇしよ。いずれにせよ俺には関係ねぇや。それより武藤さん、早くツーリストキャンプに戻ろうぜ。このままだと風邪ひきそうだ」

「あっ、そうですね。すみません」

武藤は慌てて立ち上がった。

「キャンプに風呂はありませんけど、熱いシャワーならありますから」

「熱いシャワーね。それで十分だ。さぁ、行こうぜ」

　中村は立ち上がると、ゆっくり尻についた砂を払った。ヒロシはバネ仕掛けの人形のように勢いよく立ち上がり、釣り道具を片付けに走りだした。

　裕次郎は大きく息を吐くと、川の向こうの小高い丘を見上げた。ゴミゴミした首都ウランバートルから遠く離れた地のせいか、丘の向こうの空は文字通り真っ青だった。小高い丘の天辺からは綿菓子のような雲が湧き上がるように空に続いている。その雲に挑むように囀《さえず》る鳥たち。まだ日はそんなに傾いてはいなかったが、吹く風が夕暮れの気配を感じさせていた。

「イギリスの詩人バイロンは言った。小川のせせらぎにも草の葉のそよぎにも、耳を傾ければそこに音楽がある。さすが一流の詩人は違うな」

　裕次郎の言葉を、一瞬にして風がさらっていった。

「よーし、帰るか」

　裕次郎はくるりと振り返った。その背中の向こうの丘の陰から、綿菓子のような雲に隠れるように、一筋の白い煙がにわかに立ち昇りだした。狼煙《のろし》のようにも思えたが、それに気付く者はいなかった。

アウラガ遺跡へ

　フドーアラルのセンターハウス内の食堂で、そのテーブルだけがやたらと忙《せわ》しなかった。スプーンとフォークがまるで小競り合いでもしているかのように、やたらとカチャカチャ音を立てている。テーブルマナーもなにもあったものじゃない。音を立てている張本人はもちろん、向き合って食べている裕次郎とヒロシの二人である。

「まったくもう、二人とも朝からすごい食欲よね」

　うんざりとした口調で話し掛けると、中村は熱いスーテーツァイをおちょぼ口で啜った。かすかな塩味が二日酔いの頭に心地よく染み渡り、思わず目を閉じて唸る。

「そんなこと言ったって、腹がへっては喧嘩ができないっていうだろう。なぁ、ヒロシ」

「へい。その通りっす」

　話しながらもスプーンとフォークは止まらない。彼らが貪《むさぼ》っている朝食のメニューは焼きたてパンに卵料理やサラダといった、モンゴルの大草原の真っ只中とは思えないようなシンプルなアメリカン・ブレックファーストだった。

「喧嘩じゃなくて戦でしょ、まったく。はぁぁ、あんなにアルヒを飲んだってのに、やっぱりあんたたちはバケモノだわ」

昨夜は裕次郎らが泊まるゲルテントの中で賑やかに酒盛りをしたのだ。日中にあんなことがあっただけに、誰もが興奮していたのだろう。なにせ念願のイトウを釣り上げ、さらには人命救助だ。武藤やダワァンらも交じり、乾燥した牛糞と薪が一緒に焚《た》かれる小さなストーブを囲んでの酒宴となった。さすがにアノンだけはほどほどのところでセーブしていたが、男たちは度数の高いアルヒをラッパ飲み状態だった。ウランバートルで大量に買い込んできたはずのアルコール類のほとんどが、空になって足元に転がっていたほどだ。

隣のテーブルに座った武藤とダワァンは時折こめかみを押さえ、苦笑いを浮かべながら二人の食べっぷりを横目で眺めている。スプーンとフォークもなかなか動かない。

四人掛けのテーブルが整然と十二脚置かれたセンターハウス内には、他に一グループいるだけだった。少し離れたテーブルで静かに食事をしているのはシンガポールからの観光客らしい。他にも韓国からのグループが泊まっているということだったが、そのグループはすでに出発したという。

「ヒロシさん、これ」

預かり物があるということで事務室に行っていたアノンが、綺麗にたたまれたカーキ色のシャツをヒロシに差し出した。アノンは左脇にピンク色のヨットパーカーを抱えている。どちらも川に流された少年に貸した服だった。

「あれ、あの青年返しにきたんだ」

中村が感心したように呟くと、さすがにヒロシは立ち上がり、スプーンとフォークを置いてそれを受け取った。すぐに広げてみる。

「おっ、乾いてるっす。でも、あんな遠くから馬で届けにきたんすかねぇ」

「バイクで届けにきたそうです」

「えっ、バイクっすか。なんかイメージ違うっす」

その反応にアノンは噴き出しながら席に着いた。

「ここのマネージャーが言っていました。彼はこの辺りでは有名な一族のようです。名前はジェルメと言って、モンゴル国軍の兵士だそうです。休暇をもらうと帰ってきて、遊牧民の子供たちに勉強を教えたりしているとても評判の良い青年だそうです」

「ジェルメ……うん……どっかで聞いたことのあるような名前だけど……あれ、チンギス・ハーンの部下にいたような……」

中村の呟きには構わず、アノンは話を続けた。

「あの少年も元気になったそうです。ジェルメがとても感謝していたとマネージャーが言っていました」

「そうか、それはなによりだ」

裕次郎は満足げに頷くと、再びスプーンとフォークを動かした。

「しかし、ここに我々がいるってよくわかったよね」

中村が首を捻ると、今度は武藤が口を開いた。

「この辺りに観光客向けのツーリストキャンプはここしかありませんから、だいたい見当をつけてきたんでしょう。それとも草原の目を使ったか」

「草原の目」

訝しげに聞き返すと、武藤は悪戯《いたずら》っぽく笑った。

「物の例えですよ。遊牧民らには古くから独特の伝達手段があるって言いますし、広い草原だってどこに彼らの目が光っているかわかりませんからね」

「なるほど。それで草原の目ね」

納得したように頷く中村の鼻先に、いきなり裕次郎がフォークを向けた。

「するってぇとトミー。お前が昨日草原でしでかした野糞や小便も逐一監視されてたかもしれんぞ」

「うわっ、やめてよ裕ちゃん」

「うはは、川に耳あり草原に目あり、ってか」

「うまいっす」

即座に合いの手を入れるヒロシの額を小突くと、裕次郎はスーテーツァイに手を伸ばした。一口飲んで、しみじみと語りだす。

「それにしてもモンゴルってのは侮れん土地だ。ここにいるとなぜか宇宙ってのを感じるんだよな。昨日釣りをしながらふと思ってな。人間の存在なんて、宇宙の中では本当にちっちぇえモノなんだろうってよ」

「そんなこと考えてたの」

「ああ、後でドイツの文学者ゲーテの言葉も浮かんだな。自然は絶え間なく私たちと話していて、しかも私たちにその秘密を明かさない。私たちは絶えず自然に働きかけるが、自然をどうする力もない、ってやつ。まったくその通りだぜ。そして大自然という名の教師に、風の中で自分の小ささを教えられたよ。どこからか、ちっちぇえ、ちっちぇえって聞こえてきてな。かといって素直に聞いてたわけじゃねえぜ。逆に負けられんって気になった。もっともそれは昨夜、トイレに行くためにゲルテントを出て夜空を見上げて思ったんだけどな」

「満天の星だったよね。すごかったもん」

「ウランバートルと違ってネオンが無いから、空いっぱいの星だったな。夜空が星で埋め尽くされてるっていうかさ。寒さも忘れて見惚れちまったよ。それで思ったんだ。人間なんてたしかにちっちぇえ存在かもしれんが、精一杯生きてる奴は必ずこの夜空の星のように輝いているはずだってよ。だから俺もこの先どんなことがあろうとも決して慢心することなく、自分の小ささを思い出して地道に頑張ろうって思ったのさ」

「へぇー、学んだんだ。大したもんだこと」

おどけた口調で突っ込みを入れる中村には構わず、ヒロシは小さく拍手している。

「モンゴルってのは、実に不思議な力を持っている土地だな。へへっ、それよりさっさとメシを食った方がいいぞ。なんたって今日行く所は今回の旅のハイライトだろ。お前が一番行きたかったナントカ遺跡」

「ああ、そうだよ。アウラガ遺跡ね」

中村の胸には瞬時に込み上げるものがあった。

アウラガ遺跡はチンギス・ハーンの霊廟と言われている。霊廟とは墓そのものではない。チンギス・ハーンの墓の場所自体は未だに歴史上の謎なのである。

そもそもチンギス・ハーンは一二二七年の西夏《せいか》征討の途中で亡くなったとされている。

そしてその死は周囲に隠され、故郷で密かに埋葬されたと伝えられている。その調査に乗り出したのは日本とモンゴルの合同調査団だ。彼らは二〇〇四年、ウランバートルから東に約三〇〇キロの地点で、チンギス・ハーンの霊廟を確認したと発表したのだ。一級史料である『集史』には、霊廟はチンギス・ハーンの墓の近くにあるという記述があり、それゆえその発見も近いのではと言われていた。

この遺跡からはチンギス・ハーンと跡を継いだ三男のオゴディハンの宮殿跡が発見され、さらには何らかの儀式で使われた家畜の骨や灰が出土している。合同調査団は宮殿だった場所が神聖視されて霊廟になったとの見解を出している。

「まぁ、ゆっくり食べろ。遺跡は逃げやしねぇ。俺とヒロシは腹ごなしに散歩でもしてるからよ」

「うん、わかった」

そう答えると中村は深呼吸してナイフとフォークを握った。

「ここがアウラガ遺跡……か」

車から降り立った裕次郎の声は落胆めいていた。それもそのはずで、目の前にはまばらに草の生えた白っぽい地面しかない。

「そう……みたい……だね」

当の中村も落胆の色は隠せない。ウランバートルから東に三〇〇キロ。フドーアラルから草原を二〇キロ走った位置にある。ずっと憧れていた場所に辿り着いたというのに、そこはとりたてて変哲の無いただの原っぱだったのだ。保全のため調査団が埋め戻したとは聞いていたが、なにかしら痕跡ぐらいはあるだろうと思っていた。だが予想はまったくはずれた。何も無いのだ。説明文の書かれた立て看板があって、せめて柵ぐらいは張りめぐらされているのかもと密かにイメージしてもいたのだが、本当にただの白茶けた大地が広がっているだけであった。ましてや草原に標識があるわけもなく、ここまで一行は途中で出会った数人の遊牧民に場所を尋ねつつ、草原をあちこち迷いながらやっと辿り着いたのである。それなのに……である。

「おっ、こんな所に小さなオボーがあるぞ。調査団が作ったのかもしれねぇな。どれ、旅の無事を祈るとするか」

能天気に裕次郎はそう言うと、足元の小石を拾ってオボーの周りを右に回り始めた。とりたててすることのないヒロシも真似して後ろに続いた。

「それにしても……本当に……何も無いんだね」

中村は目を凝らして辺りを眺めた。よく見るとその辺りは、地面の色が周囲より少し薄くなっている。それが埋め戻した境界の痕跡なのだろう。

車の中でアノンと話していた武藤が、広げたモンゴルの地図を折りたたみながら近付いてきた。顔には苦笑いを浮かべていてる。

「ダヴァンのGPSで確認させましたけど、やはりここですね」

「そうですか……」

「完璧に埋め戻しちゃったんでしょうね。なんともサービス精神が無いとでも言いましょうか、これでは観光スポットとしては無理ですね」

ため息交じりの武藤は、あくまで観光業者の目で眺めている。

「まぁ、いいですよ。ここに来られただけでよしとしましょう。少なくとも我々が立っている場所に、かつてオゴディハンの宮殿があったんですもんね。ここは同じ空気を吸って、思いを馳せるとしましょう」

「空想を働かせるわけですか」

「ええ。むしろ僕の場合は妄想《もうそう》かもしれませんけど」

そう言って中村は微笑んだ。

「たしかにそういうことに時間を割けるのは贅沢《ぜいたく》な時の過ごし方かもしれませんね」

「ええ。そうですよ」

自分自身の言葉に納得するように頷き、中村は辺りを歩きだした。カメラを構えた武藤が、ゆっくりとした足取りで後に続いた。足元には塩が吹いたような白茶けた土。どこまでも続くまばらな草原。それ以外に何も無さそうな大地を、中村は俯き加減で黙々と歩いた。ふと目線を上げると、少し向こうの低い岩場にオレンジ色の小屋が見えた。建築現場に置いてある簡易トイレ二個分ぐらいの大きさだろう。

「あれは泉だそうです。チンギス・ハーンが飲んだと言われているそうです」

後ろから追いかけてきたアノンが早口で言った。

「へぇ……チンギン・ハーンの泉」

「ええ。夏から秋にかけてチンギス・ハーンの一行は、よくこの場所で休息の日々を過ごしたそうです。夏の暑さを避ける場所で、日本語だと……えーと」

「避暑地だろう」

武藤が助け舟を出した。

「そう、避暑地だったそうです。この土地に昔から伝わっている話だと、キャンプの支配人が言ってました。今でも水は湧いているそうですが、小屋には鍵が掛けられているそうです」

「それは残念」

ゆっくりと歩みを進める三人に裕次郎の声が届いた。

「おーい、こっちこっちー」

声のした方を見ると、裕次郎とヒロシが泉の左手にある小高い丘の上に立っていた。こんもりとした黒土色の丘だ。泉からは一〇〇メートルも離れていない。頂上でヒロシが右手を大きく振っている。三人はその方向に早足で近付いて行った。

「早く来いよトミー。見晴らしいいぞ」

「絶景っすよ、中村さん」

言われるままに緩斜面を大股で駆け上り振り返ると、自分たちがやってきた方角が一望できた。その見事さに一瞬、中村は息を吞んだ。

「たしかに……素晴らしい」

足元から左右正面に広がるモンゴルの赤茶けた大地。正面手前の白っぽくなった四角い一角が、埋め戻されたアウラガ遺跡だ。草のある場所と無い場所のコントラスト。その大地には真っ直ぐに車の通った轍が刻まれている。そしてはるか彼方には、低い山並み。さらに草原のど真ん中には柵で囲まれた一角も見えている。ここまで来る途中にあった、元朝秘史の記念碑だ。柵内の真ん中に立っていた立派な白いオベリスクが、ここからだと細い立ち木のように見えている。耳を澄ませば草原を足早に駆けていく風の音と飛び交う鳥の声。

「そして、あれだよトミー」

裕次郎が振り返って指を差した。体を捻ってその先を目で追うと、はるか後方に青白くゴツゴツとした岩肌の山が悠然とそびえていた。けっこうな高さの山だ。標高一〇〇〇メートル以上はゆうにあるだろう。先ほどまでいた草原からは微妙な死角になっていて、見えない位置にあった。

「あの山、どっかで見たことねぇか」

「えっ」

いきなり突拍子《とっぴょうし》もないことを言われた気がして、中村は面食らった。

「なんかさ、遠野から見た早池峰《はやちね》山に似てねぇか。俺の記憶違いかもしれねぇけど」

「早池峰山……遠野から見た」

遠野とは柳田国男《やなぎたくにお》の『遠野物語』で知られる民話のふるさと、岩手県遠野市のことである。そして早池峰山とはその遠野市と花巻市、さらに川井村にまたがる高山であり、一帯は国定公園にも指定されている。古くから山岳信仰の対象となった霊山で、山裾の集落に伝わる神楽は伝統芸能の最高峰と評価されている。言われてみるとそんな気がしてきて、中村はさらに目を凝らした。

「たしかに……似ているかも」

「だろう。なんか形といい岩肌の色といい、早池峰に似た雰囲気のある山だよな」

裕次郎は自慢げに鼻を鳴らした。そこへやっと追いついた武藤とアノンが、息を弾ませながら近付いてきた。

「あの山は何ていう名前の山なんでしょう」

中村が問い掛けると、武藤が荒い息をしながら手に持っていた地図を広げた。すかさずアノンが覗き込む。中村と裕次郎とヒロシも覗き込んだ。だが、そこに記されている文字はモンゴル語で、当然三人にはわかるはずもない。

「えーっと、アウラガがここだから……」

アノンがピンク色のマニキュアを塗った細い指で、山のイラストを指し示した。

「これですね。トーノ山」

「えっ、トーノ山」

中村と裕次郎は、二人同時に声を上げ、二人同時にのけぞった。一拍遅れてヒロシが続く。

「うわっ、俺、鳥肌立ったぜ」

「ぼ……僕も」

「背筋が冷たくなったっす」

三人は顔を見合わせ、その後は地図と山とを交互に眺めた。

「こんなこともあるんだねぇ。遠野から見た早池峰山によく似た山がトーノ山か」

「あぁ。偶然の一致かもしれねぇが、ゾクゾクしてきたぜ」

「あっ、今、大変なことを思い出した」

中村は目を見開き、薄くなった髪の毛をかきむしりだした。

「なに、なんだよトミー、早く言え」

「う、うん。あのさ、チンギス・ハーンの臨終《りんじゅう》の際の言葉なんだけど、たしか『今は恨みなし。ただ故山に帰りたし』って言ったたって」

「なに、どういう意味だよ」

「うん。義経・チンギス説を唱える歴史ファンの間では、兄の頼朝のことを恨んではいない。ただ死ぬ前に一度、ふるさとの山に行ってみたかった、と解釈する人もいる」

「えー、ということは」

「そう。ここに宮殿があったということは、かつてチンギス・ハーンがあの山を毎日眺めていたことになるのかも。もしチンギス・ハーンが義経であったなら、かつて馬を駆って眺めたみちのくの風景を思い出し、よく似た形の山に記憶に残っている名を付けたとも考えられないかなぁ」

「うわー、キター。もしかしてすごい発見しちまったんじゃねぇの」

二人のやり取りを聞きながら、武藤とアノンも目を輝かしだした。中村は何か浮かんだとばかりに自らの額を叩き、アノンの方を向いた。

「そうだ、僕らは日本語の遠野ばかり意識してしまうけど、モンゴルの人はトーノと聞いてどう思うんだろう」

アノンはかすかに微笑みつつ答えた。

「トーノはもちろん意味のある言葉です。モンゴル語でゲルテントの上に開いた天窓のことです」

「天窓」

中村の声は裏返っている。

「天に続く入り口とも言えるよね。うわーっ、なんか益々意味深」

「おう、おもしろくなってきたぜ」

裕次郎が何度も頷いた。

「あの……いいっすか」

「なんだ、ヒロシ」

二人の横で両手を真横に上げたまま、ヒロシが口を挟んだ。

「あの……気付いたんすけど、そのトーノ山とこの丘、それに下のオレンジ色した小屋とアウラガ遺跡、さらに元朝秘史の記念碑とか言ってた塔とズーッと向こうの山。なんだか一直線上にあるような気がするんすけど」

「なにーっ」

裕次郎は発車確認をする駅員のようなポーズでトーノ山に向かって右手を振り上げ、その手を下ろしながら続けざまにはるか向こうの山を指した。

「うむ、たしかに。でかしたぞヒロシ」

張りのある声が草原に流れていく。

「へい。お役に立ててうれしいっす」

「うーん……だからと言ってなんなのかよくわからねぇんだけど、なんか意味がありそうだよな、トミー」

「うん、きっと何か意味があるんだと思う。例えばその延長線上に早地峰山、いや、平泉があったりして。うわーっ、後で世界地図広げて調べてみようよ」

中村は上気した顔で何度も頷いた。武藤とアノンも広げた地図を覗き込んでは位置を確かめている。

「だとしたら俺たちが立っているこの小高い丘もくせぇんじゃねぇの」

「えっ」

「くせぇ……チンギス・ハーンくせぇ」

鼻をつまみながら足元に視線を落とした裕次郎につられて、中村も視線を移した。足元には緑の芝草がまだらに生えている。

「ここってよ、上空から見たら土まんじゅう、いや古墳みてぇじゃねぇか。つまりはこの下にチンギス・ハーンが眠ってたりなんかしてな」

「うわっ」

中村は思わず両手を上げたまま後方に跳びはねた。その慌てぶりを見て、裕次郎は高らかに笑いだした。

「冗談だ。ここが墓だったらとっくに掘っくり返してるだろうさ。いかにも墓ですって盛り上げ方だものよ」

「そ、そうだよね」

安堵なのか失望なのか、中村は自分でもよくわからないため息をつきつつ、再び足元に視線を戻した。

「それよりもう少し登ってみねぇか。あの山の全容も見てぇし、あっちの丘の向こう側もだ。

裕次郎はトーノ山の方向を指差した。今立っている丘から連なるように、その方向になだらかな稜線が伸びていて、さらに一段高い丘に続いている。まばらだが草の生えた丘だ。

「いいよ」

その言葉に頷くと、裕次郎はゆっくり歩きだした。その後に四人が続く。ゆるやかな斜面だ。普段から運動慣れしている三人は平気だったが、武藤とアノンが少しずつ遅れだした。特に武藤は早くも息遣いが荒くなりだしている。その音と比例して、何かエンジンのような音が、少しずつ聞こえてきた。

「裕ちゃん、音がしてるよね」

「あぁ、なんだぁ。丘の向こう側に道路でもあんのかな」

歩みを進めるごとに音は鮮明さを増してきた。近くに工事現場でもあるようだ。時折人の声も聞こえてくる。

「なんだぁ、何してるんだ。おい、ヒロシ、先に行って見てみろ」

「へい」

裕次郎の斜め前を歩いていたヒロシは威勢よく返事をすると、軽快なリズムで斜面を駆け上がっていった。その姿をバケモノでも見るような眼差しで眺めつつ、武藤は立ち止まって息を整えだした。

「武藤さん、ゆっくりでいいですよ」

中村は振り返って声を掛けた。武藤は声にならぬ声を発して頷いた。その間にもヒロシの足取りは止まらない。岩手の大自然の中で、自由気ままに育った野生児の本領発揮である。ヒロシは一気に斜面を駆け上り、平らな頂《いただき》の向こうに姿を消したかに見えた瞬間、慌てて駆け戻り地面に腹這《はらば》いになった。そのまま腕立て伏せしているような姿勢になって、のそのそと首を伸ばしつつ再び前に進みだした。

「何やってんだ、あいつ」

裕次郎は見上げて、首を捻りながら歩みを速めた。ヒロシは海老《えび》のように中腰の姿勢で後退《あとじさ》り、振り返ったかと思ったとたん、物凄いスピードで駆け下りてきた。

「どうした」

裕次郎は声を掛けたが、勢いが出すぎたヒロシは止まることができない。そのまま中村やアノンの横を通り過ぎ、最後尾の武藤が立ち止まっているところでやっと止まった。

「た、た、大変っす」

それだけ言うと、今度は武藤の手を引っ張って登りだした。

「うわっ、ヒロシさん、勘弁してください。私、この中で一番年寄りですし、運動不足なんですから。ひぇぇぇぇー」

武藤が荒い息で懇願《こんがん》しても、ヒロシの勢いは止まらない。

「大変なんすよ、とにかく大変なんすから」

聞く耳持たずのヒロシは、夢中で武藤を引っ張り上げている。その様子を何事かと怪訝《けげん》な顔で、アノンと中村は見下ろしている。裕次郎もゆっくりと斜面を駆け下りてきた。いつしか中村が立っていた位置に四人が集まる形となった。武藤一人、その場に座り込んでいる。

「落ち着け、ヒロシ。何を見たんだ、お前」

さすがに息を乱し、ヒロシは目を見開きながら報告した。

「あいつらがいたんすよ。例のロシアのマフィアだかっていう連中っす」

「なにぃ、あの黒尽くめの大男たちか」

「へい。それに騎馬隊のショーで見かけた外国のオッサンもいたっす」

「本当かよ」

「もちろんす。小太りで鷲鼻のオッサンす。間違いないっす」

「誰なの、そのオッサンて」

話の見えぬ中村が口を挟んできた。

「黒尽くめの大男に指示を出している胡散《うさん》くさいオッサンよ。あっ、そうだ今岡は。あいつはいなかったのか」

「見た限りではいなかったっす」

「そうか……ならいい。それより奴ら、何をしてたんだ」

「へい。どうやら穴を掘ってるみたいっす」

「穴を掘ってるって。もしかして奴ら勝手にチンギス・ハーンの墓でも調査してるのか」

「あっ」

中村が思い出したかのように、いきなり甲高い声を上げた。

「だとしたら……チンギス・ハーンの財宝を探してたりして」

「財宝ですって」

息も絶え絶えだったはずの武藤が瞬時に復活した。勢いよく立ち上がると、ぐいぐい顔を近付けてくる。

「そんなもの、本当にあるんですか」

「い、いえ、あくまで歴史ファンの間で言われているだけですから」

目を光らせた武藤の圧力に、中村は一歩後退った。

「いーや、マジかもしれねぇぞ。なんたって世界最大の帝国を築いた男だろう。世界中の富と名誉を手中にした、言ってみりゃ世界一の大王だったんだぞ。珍しい宝石だって、とびっきりの美女だって、好き放題じゃねぇか。そんな男が、なんにもねぇ穴にポッンと寂しく埋められるなんてことは絶対ねぇはずだぜ。そうだ、そうだよ。奴ら、宝探しをしてるんだ。うん、そうか、わかったぞ。今岡のヤロウ、それに一枚嚙もうとしているな。そうでなきゃ、一緒に騎馬隊のショーなんか見てねぇだろう。いや、もうすでに手を結んだのかもしれねぇ。国内でのシノギに苦労して、海外に目を向けたってか。しかも宝探しとはな」

鼻息も荒く何度も頷くと、裕次郎は丘の頂を振り返った。

「よーし、気付かれねぇようにゆっくり行くぞ。天辺まで行ったら、ほふく前進だ」

そう告げると先頭を切り、忍者のような足取りで歩きだした。

小高い丘の上で五人は、腹這いになった姿勢のまま無言で向こうを見下ろしていた。斜め下は、一見工事現場である。低くこんもりとした土色の小高い丘とオレンジ色のショベルカー。丘の傍らには木で組まれた高さ五メートルほどの櫓《やぐら》。他にもゴツゴツした軍用風のジープが二台と幌《ほろ》をかぶせたトラックが一台、丘の陰に止めてあった。丘の斜面に開いた穴には、突き刺さっているようなベルトコンベア。その周りをのんびり行き来するアロハ風の服装の男が数人。男らは不似合いな白いヘルメットをかぶっている。ショベルカーの運転席に乗って腕組みをしているのが鷲鼻のオッサンだ。白いジャケットに白いパナマ帽。太った体を窮屈そうに座席に押し込み、葉巻の煙をくゆらせている。そしてベルトコンベアとショベルカーの間を忙《せわ》しなく行き交い、なにやら怒鳴り声を上げているのは、サングラスを掛けた黒尽くめの大男だった。

「ボオルチュ」

鷲鼻のオッサンが叫んだ。それが黒尽くめの大男の名前なのだろう。黒尽くめの大男は身軽な動きでショベルカーに駆け寄った。あらためて見ると、かなりの巨漢だ。一九〇センチ近くはあるだろう。その割に、大男に多い鈍《にぶ》さが感じられない。おそらくなんらかのスポーツ経験者なのだろう。そう思わせる軽快さが大男にはあった。短く刈り上げられた頭髪は、骨太の顔をさらに精悍に見せている。鷲鼻のオッサンは大男に何か言いつけた。大男は一礼すると振り返り怒鳴った。すると穴の奥からなにやら声が返ってきて、いきなりベルトコンベアが唸りを上げて動きだした。ベルトコンベアは石の塊のような物をぎこちなく運び出し、それにアロハの男たちが左右から群がりだす。

「宝探しだな」

最初に口を開いたのは裕次郎だった。

「だとしたら盗掘ですよ。この国だって遺跡を掘るには国の許可が必要ですからね」

かすれた小声で武藤が応じた。

「マフィアが許可なんてもらうはずねぇ。当然勝手に掘ってるんだろうぜ。それにしてもあれだけの機材を用意しているからには、なにか確信があるんだろうな」

「確信……ねぇ……」

中村が首を捻りながら唸った。

「かといって僕らは何もできないよ。ここはモンゴルなんだからね。いい、裕ちゃん」

興味本位に首を突っ込みたがる裕次郎の性格を知り尽くしているだけに、中村は先回りする形で釘を刺した。

「わかってるよ。俺だって外国で無茶はしねぇさ。けどよ、見逃すって手はねぇよな、武藤さん」

「ええ、もちろんです。ツーリストキャンプに戻ったら地元の警察に通報しましょう」

武藤は頷きながら隣に腹這いになっているアノンを見た。しかしアノンは眉間に皺を寄せたまま首を横に振った。

「ダメです。地方の警察だとマフィアから裏金を渡されているかもしれません。そうなるとこちらが危険です。やはりウランバートルに戻ってから通報した方がいいでしょう。幸い私の同級生の夫に警察の幹部がいます。その人に知らせます」

「おお、それがいいや。なら仕方ねぇ、ここは引き揚げるとするか。うーん、でも、もったいねぇな……あっ」

裕次郎は何か思い出したかのように目を大きく見開くと、いきなり地面につけている手の甲に額を押し付けた。肩が小刻みに震えていて泣きだしたようにも見えるが、実際はその逆だった。

「なに、どうしたのさ、裕ちゃん」

腹這いになったまま問い掛ける中村に答えず、裕次郎は激しく肩を震わせている。ひとしきり震わせた後、裕次郎はゆっくりと顔を上げた。その目が不気味に光っているのに気付き、中村の脳裏に嫌な予感が閃いた。

「また変なこと思いついたんでしょ。なに、どうしたの」

裕次郎は無言のまま薄気味悪い視線をヒロシに向けた。笑いを堪えているのか、膨らませた口からは息が漏れている。

「えっ、なに、オレっすか。オレに何を……あっ、まさか」

「ピンポーン。お前、モンゴル来てから調子いいな。イトウ釣りの腕だけじゃなくて、頭の回転まで冴えてきたってか」

「いや、勘弁っすよ。だって、アレをやれってことっすよね」

「おう、アレだ」

「なによ、アレって」

たまらず中村が口を挟んだ。

「あーん、ヒロシの特技の幽体離脱に決まってんだろう」

「えーっ」

中村は絶句した。当然武藤とアノンは何のことかわからず、ただ目を丸くしている。その視線に気付いた中村は、慌てて場を取り繕った。

「あ、あの、手品っていうか、催眠術みたいっていうか、とにかく気にしないでくださいね。それよりヒロシ君、今でもアレできるの」

ヒロシは困ったような顔付きで首を傾げた。

「わかんないっす。あの事件以来封印してやすから」

事件と聞き、武藤とアノンはますます混迷の色を浮かべた。

あの事件とは、かつてこの三人が巻き込まれた大事件のことである。今から数年前、東京のテレビ局がテロリストに乗っ取られ、裕次郎の妻の恭子らが人質に取られるということがあった。その際にヒロシは特技の幽体離脱で閉じられた局社内に潜入し、見事偵察役を務めたのであった。

「幽体離脱すりゃ、土の中だってお茶の子さいさいだろう。お前、ちょっくら中を偵察してこいよ」

「勘弁っすよ。中にチンギス・ハーンの死体とかあったら嫌っすよ」

「おいおい、死体って言うなよ。せめて御遺体とかさ。だいたい八〇〇年も前に埋められたんだぞ。ミイラじゃあるまいし、とうに土に帰ってるさ。なっ、ちょっと見てくるだけでいいからよ」

「い、嫌っすよ」

「本当に埋められてるかどうかもわからねぇんだぜ。あいつら間違った場所を掘ってるかもしれねぇしよ、なっ」

「い、い、嫌っす」

「なぁにぃー」

痺《しび》れを切らした裕次郎はいきなり上半身を起こすと、そのまま地面に胡坐《あぐら》をかいた。そして這いつくばっているヒロシをジロリと一瞥した。

「俺の言うことが聞けねぇっていうのか」

凄みのある声を頭上に降らせると、ヒロシは目を泳がせたまま口を真一文字に閉じた。

「いいか。黒いカラスも俺が白いって言えば」

「し、白いっす」

「そうだ。それでいい」

裕次郎が満足げに頷いた瞬間、ヒロシは力なく地面に突っ伏した。ヤクザの世界は完全なる縦社会である。上の者の命令は絶対なのだ。それをあらためて思い知ったのである。

諦めたヒロシはゆっくりと身を起こし、裕次郎に背を向けて正座した。

「えーっと……どこがツボだったっけ」

後頭部に視線を走らせた裕次郎に、ヒロシはつむじの右側の辺りを指で示した。

「よし、叩くぞ」

「痛くしないでくだ」

みなまで言い終わらぬうちに、裕次郎の拳骨はピンポイント攻撃を食らわせた。

「あふぃーっ」

糸を引くように意味不明の言葉を残し、ヒロシの体はヘナヘナと前に崩れかけた。慌てて起き上がった中村が、長い手でその体を支えた。

ヒロシの幽体はスーッと吸い上げられるように上空に浮かび、裕次郎らのはるか頭上で静止した。足元には小高い丘と米粒のような仲間たち。そこから同心円状に果てしなく広がる大草原。その位置を俯瞰で確認したと思った途端、今度は猛スピードで急降下しだした。体が矢印になったような感覚である。普通なら激しく地面に叩きつけられるところだが、そこはあくまで幽体なのだ。当然ヒロシに恐怖などという感情もない。そういった負の感情だけ、幽体になった瞬間に消え失せるものらしい。あくまで過去の経験からである。地面に接触した瞬間、ヒロシは吸い込まれるように地中に潜っていった。すぐにぽっかりと開いた狭い空洞に辿り着く。中ではヘルメットにライトをつけた作業員らが、ドリルで岩盤を砕いていた。空気が白く粉っぽい。砕いた岩を一輪車に乗せ、汗だくで運んでいる男もいる。だが、ヒロシの意識はここにとどまらなかった。さらに深い部分へと誘われていく。ヒロシの幽体は、再び地中に吸い込まれていった。すぐに別の空洞に辿り着く。先ほどよりも狭い。ヒロシにはそこが石室のように思えた。というのも、四方の壁が真っ直ぐだったからだ。もちろん日の光など差し込まぬ地中であるから見えないはずなのだが、ヒロシには薄ぼんやりと中の様子が見えていた。これも幽体の有難さである。その薄ぼんやりの中に人の気配がしているのに気付き、ヒロシは一瞬身構えた。とはいえ生身の人間であれば、こちらの姿は見えないはずである。ヒロシは目を凝《こ》らした。

空洞の奥まった部分に置かれた大きな白い石棺。その厚い蓋の上に男が座っていた。大柄な男だ。左足は胡坐を組むような体勢で、その膝の上に左手を乗せている。右足は蓋の外に下げ、右手を臍の辺りに置いていた。黒っぽいブーツを履いているようにも見える。赤くて縁取りの白い帽子をかぶり、身にまとっているのはモンゴルの民族衣装であるデールだ。だが、驚くことにその色は金だった。

ヒロシは空中をゆっくりと近付いていった。男の表情がわかるほどに近付いた瞬間、ヒロシは思わず声を上げそうになった。そこには民族歴史博物館で見かけたチンギス・ハーン像そのものが座っていたのである。がっしりとした角ばった骨格の顔。意思の強そうな太い眉毛と閉じられた瞳。大きく筋の通った鼻。真一文字に閉じられた口の上下には髭。顎下にも鬚が垂れ下がるように生えている。

「うわっ」

今更という感がしないでもないが、やっとヒロシは悲鳴にも似た声を発した。

「えらいこっちゃ、えらいこっちゃ。ここマジでチンギス・ハーンの墓かもしれないっすよ」

早く伝えねばという気持ちが込み上げてきて、ヒロシは空中を後退さった。その瞬間、男の瞼がゆっくりと開いた。

「うわわっ」

男の鋭い眼光に射すくめられて、ヒロシは空中で固まった。

「何奴じゃ」

男の口は閉じられたまま、声だけがヒロシに伝わった。こういう時、幽体は便利である。言語の種別なども関係なく、ただ想念のようなものだけで意思疎通《そつう》ができるのである。暗かった石室がにわかに明るくなった。ヒロシはその眩しさに一瞬目を閉じ、そしてゆっくりと目を開いた。石室の奥に木箱が三個置かれていて、そこから神々《こうごう》しい光が差している。目を凝らすと、それは財宝などがぎっしり詰まった箱だった。一つの箱からはブルーやピンク色に輝く宝石に彩られた装飾品が、だらしなく縁から溢れ出している。その隣の箱には、砂金と思われる物が山となって輝いていた。さらに奥の大箱には武器と思われる刀剣の類が無雑作に立て掛けられたまま入れられ、眩しい輝きを放っている。ヒロシの目は一瞬にして、その輝きに惹《ひ》きつけられた。だが、幸いなことに幽体となったヒロシからは、実体が持つ物欲がかなり薄れてしまっている。

「あ、怪しい者じゃないっす」

「何奴じゃ」

男が再び問い掛ける。ヒロシは慌てて答えた。

「ただの旅人っす。ヒロシと言うっす」

「我が眠り妨《さまた》げし者、何人たりとも許すまじ」

男の口調に怒気が交じった。だが、そこまでタイムリミットだった。いきなり超大型の強力掃除機で吸い込まれるような感覚が背中を襲ってきたのだ。それは幽体離脱の刻限を告げる感覚だった。背中の後ろに真っ暗な穴があって、ヒロシの体は海老のように曲がりだした。

「う、うわーーっ。くそ、もう少しだったっす」

叫び声を上げたまま、ヒロシの幽体はブラックホールのようなものに勢いよく吸い込まれていった。

中村は抱いていたヒロシの体がピクリと動いたのに気付いた。

「裕ちゃん。ヒロシ君が動いたよ」

「おーし、帰ってきたな」

裕次郎はヒロシの頬を軽く張った。

「起きろ、ヒロシ」

「うーん」

ヒロシはゆっくりと目を開けた。

「体の調子はどうだ。どこも痛ぃところはねぇか」

その言葉が終わらぬうちに、ヒロシの口から速射砲のように次々と単語が飛び出してきた。

「石棺、胡坐、髭、木箱、宝石、砂金、刀、……うわーっ」

ヒロシはガバリと上体を起こした。

「落ち着け、ヒロシ、大丈夫か。打ち所が悪くて、おかしくなっちまったんじゃねぇのか」

心配そうにヒロシの肩を揺らしだした裕次郎の手を、中村が強く制止した。

「違うよ、裕ちゃん。ヒロシ君は、なにかとてつもなく凄いモノを見てしまったのよ」

「なにー、とてつもなく凄いモノだってぇ。おい、ヒロシ、落ち着いて話せ。お前はいったい何を見てきたんだ」

「へ、へい」

ヒロシはアノンから手渡されたペットボトルの水を喉を鳴らしながら飲み、一度ゲップをした後、その目で見てきたことを一気に伝えた。

「なにぃ、本当かよ」

「それはチンギス・ハーンに間違いないわ」

首を傾げる裕次郎の横で、中村は歓喜のガッツポーズを決めた。訳のわからない武藤とアノンは、怪訝な顔でヒロシと地面を交互に眺めている。

「でも、残念だったっす。もう少し時間があったら、義経かどうか確かめられたっす」

ヒロシはすまなそうに頭を垂れた。

「でも、でかかったんだろう。だとしたら、弁慶か」

「ヒロシ君、もう一回行ったら」

「勘弁してくださいっす。けっこう体力使うんすよ。もうボロボロっす」

ヒロシは草むらに崩れ落ちた。

「冗談よ。でも、歴史的大発見だわ。この下にチンギス・ハーンが眠っているなんて。しかも目がくらむような財宝も埋まっているのよ」

中村は興奮の色も露わに、両手を広げバレリーナのようにクルクルと回りだした。

「とはいえ、眠りを妨げるなと言ったんだろう」

「へい」

「で、誰であっても許さねぇって」

「そうっす」

「だとしたら奴らを止めなきゃならねぇ。いや、伝えるだけでいいや。それ以上掘っちゃいけねぇってよ。マジでこのままだと大変なことが起きそうな気がしてきた。たとえマフィアであろうとも、話せばわかってくれるんじゃねぇか。そう、イギリスの評論家アディソンはこう言った。何らかの善心を持たない悪人はなく、何らかの悪心を持たない善人もいない、ってよ」

クルクル回る中村の横で裕次郎は大きく頷いた。裕次郎の視線がアノンに向けられる。アノンはその視線をしっかりとらえて、一歩前に進み出た。

「わかりました。お手伝いすればいいのですね。なんだか頭が混乱してますけど、私が通訳しなければいけませんものね」

「ありがとうよ」

裕次郎はアノンの真っ直ぐな視線に微笑みを返した。

その時だ。にわかに斜面の下が慌しくなった。駆けてくる馬の蹄の音。すぐに複数の馬の嘶きが響き、男たちの怒声が交差した。

「何事だ」

裕次郎は斜面の下を見下ろせる位置まで飛び出した。慌ててアノンらが続く。

「あれは……」

真っ先に目に飛び込んできたのは馬上の男たち。それぞれが色違いのデールを身にまとっている。騎馬隊のように武装はしていないが、弓矢を背負った男や肩にライフル銃を掛けている男もいた。全部で七頭と七人だった。そしてその中に見知った顔があるのに気付き、裕次郎はアノンを振り返った。

「あれは、ジェルメとかいった昨日の青年だろう」

「そうみたいですね。私にもそう見えます」

迎え撃つ盗掘野郎たちの集団は三〇人ほどだ。もしかしたらまだ穴の中にもいるかもしれない。ボオルチュと呼ばれていた黒尽くめの大男が前に立ち、アロハシャツの男二人が両脇を固めている。アロハシャツの男らはピストルを手にしていた。鷲鼻のオッサンはといえば、変わらずにショベルカーの座席で葉巻の煙をくゆらせている。スコップや鶴嘴《つるはし》を手にした男らの中には、なんとヘルレン川で出会ったロシア人二人組らしき男らも交じっていた。向かい合った男らは、激しく罵《のの》り合っているようだった。やがてジェルメが何事か叫び、手を横に広げて馬上の他の六人を制した。黒尽くめの男が一歩前に出て、馬上のジェルメを見上げた。

「何言い合ってんだ。聞き取れる範囲でいいから、同時通訳してくれねぇか」

「わかりました」

　アノンは強張った顔で頷くと、すぐに役者のように声色を変えながら訳した。

「再三忠告したはずだぞ、ボオルチュ。今すぐに立ち去れ。さもなくば恐ろしい災いが起きる」

「何を古びた迷信に怯えているんだ、ジェルメ」

「偉大なる大王の遺言だぞ」

「この腰抜けが」

「なんと言われようと構わない。我が一族は墓を守る使命を脈々と受け継いできたのだ」

「ふん、そうしていつかハーンの財宝を独り占めにしようって魂胆だろう」

「馬鹿を言うな。お前の御先祖様が泣いているぞ。ボオルチュといえば側近中の側近。元々ハーンとは親友だったと聞いた。だとすればお前の所業を、きっと許すはずがない」

「知らねぇよ、そんな先祖。側近中の側近だったら、なぜ俺の一族が墓の場所を知らないのだ。馬の家に生まれた俺が知らなくて、なぜ犬のお前の一族が知っているのだ」

　早口の同時通訳に、裕次郎は首を傾げっぱなしだった。

「馬の家に、犬……なんだ、それ？」

　唸っている間にも、言い合いは進んでいく。

「馬は頭が切れるから必ず争いが起こる。だから忠実な犬の一族に託したのだ。未来永《えい》劫《ごう》、静かな眠りを守るようにと」

「ふん、俺は爺さんに聞いた話を元に、独自に調査してここに辿り着いた。ここに来るまで、三ヶ所も無駄に掘っちまった。元手がかかっているんだよ。掘り出さねぇことには、あそこにいるボスにどやされるんだよ」

「そんなことは知らん。すみやかに立ち去れ。必ず恐ろしい災いが起こるぞ」

「知ったことか。さぁ、邪魔だから、とっとと帰りやがれ」

「なにい」

「と、睨み合っています」

うんうんと、裕次郎らはアノンの名調子に頷きながら聞き入っている。ただ一人、腕組みしながら聞いていた中村が、突然何を思ったのか大声を張り上げた。

「思い出したぁぁぁぁー」

しばしの静寂の後、いきなり軽やかな銃声が続いた。タンタンタンタンタンと連続して撃たれた弾は、裕次郎らが潜《ひそ》む丘の斜面に向かって飛んできた。傍の大石に当たってはじけた弾もあれば、地面に次々と深く突き刺さった弾もある。裕次郎らは一斉にしゃがみ込んだ。

「そこにいるのは誰だ、と叫んでいます」

「トミーのアホ。見つかっちまったじゃねぇか」

「だって、すごいこと思い出しちゃったんだもの。いい。あの二人はチンギス・ハーンの傍に仕えていた者たちの子孫よ。それも四駿、四狗」

「なんだ、それ」

「チンギス・ハーン軍団の最高幹部らよ。四頭の駿馬《しゅんめ》と四匹の狗《いぬ》って讃えられているの。四駿はボオルチュら四人の側近。言ってみれば官僚ね。そして四狗はジェルメら四人の大将。つまり軍人ね。この八人が、チンギス・ハーンの周りを固めていたのよ。その子孫たちなんだわ。もう興奮するぅ」

「だからってこんな時に叫ぶことねぇだろうが」

「出て来い、って言ってますけど」

「くそ、仕方ねぇ。アノンちゃんと武藤さんは、静かに下がって逃げてくれ。俺たち三人だけで行くからよ」

「だ、だめです」

　今まで黙っていた武藤が青ざめた顔で前に進み出た。

「これでも私は責任ある旅行業者です。お客様を置いて逃げるなんてことはできません」

「そうです。それに私がいないと話になりませんよ」

武藤の横にアノンが並んだ。裕次郎は少し驚いたような表情を浮かべた後、かすかに微笑んだ。

「頼もしいねぇ。わかったよ。ならばみんなで行くか。なぁに、ジェルメの一団もいる。いきなりズドンと撃たれるようなことはねぇだろうしよ。さぁ」

努《つと》めて明るい口調で言い放ち、裕次郎は斜面を下りだした。慌ててヒロシが前に出て、裕次郎の壁になった。本来のタマヨケ業務を思い出したのか、怒り肩になっている。その後に中村、アノン、武藤の順で列を作った。裕次郎らが斜面を下りる間、ずっとトラックの荷台に立った男が軽機関銃の銃口を向けていた。ヘルレン川で見かけたロシア人の一人だった。アロハ男たちもピストルを構えている。一方の馬上のジェルメは裕次郎の姿を認めると驚いた表情を見せ、すぐに隣の男に小声で何か囁いた。隣の男もまた驚いた表情を浮かべ、すぐに隣のライフルを背にした男へ小声で伝えた。ライフルの男も、また同じような表情を浮かべた。

裕次郎らが平らな草原に下り立つと、すぐにアノンが前に出てヒロシと並んだ。そしてボオルチュの前まで行くと、怒ったような口調で何事か話しだした。おそらく自分は旅行業者で、日本の観光客を案内しているだけだと言っているのだろう。二言三言交わした後、ボオルチュは冷ややかな笑みを浮かべたまま、面倒くさそうに手のひらを振った。早く去れと言っているようだった。安堵の息を漏らしたアノンが、小走りで裕次郎の傍に戻ってきた。

「行きましょう、早く」

アノンは何か言いたげな裕次郎の手を取ると、引っ張るようにして歩きだした。

「わかったよ」

慌てて他の連中が続く。自然と足早になる。その様子を黙って見ていた馬上の一団だったが、顔を上げた裕次郎の視線に気付いたジェルメは何事か呟き目礼した。何か伝えたいことがありそうなその表情に、裕次郎は黙って頷いた。

そのまま五〇〇メートルばかり、一行は無言で歩いた。小高い丘を左回りに迂回するルートだ。干上がった塩田のように、白っぽい土が大地を覆っている。

「そろそろ大丈夫でしょう」

武藤が大きく息を吐きながら立ち止まった。

「いや、まだ安全な距離じゃねぇよ。あいつらのことだから、もしかしたら軍用機関銃も装備しているかもしれねぇ。旧ソ連軍のカラシニコフとかよ。だとしたら有効射程は一〇〇〇メートルもあるぜ」

「うわっ、なら歩きましょう」

武藤は今まで見せたことのないような素早さで、先頭を切って歩きだした。中村が競うように早足になる。その姿を見て、裕次郎とアノンとヒロシは笑いだした。

「しかし、トカレフ程度のピストルは予想していたが、まさか軽機関銃をぶっ放してくるとはなぁ。あのロシア人は軍隊くずれかもしれんな。くそ、忠告も何もあったもんじゃねぇ。それにしてもアノンちゃん、なかなか勇敢だったぜ」

「必死でした。今になって足が震えています」

「立派だったっすよ」

「そう、立派だったぜ。ウランバートルに戻ったら、武藤さんに給料アップしてもらわねぇとな」

「ちゃんと言ってくださいね」

「おお、任せとけって」

先行する二人を追うように再び歩きだした三人だったが、遠くから近付いてくる蹄の音に立ち止まり身構えた。振り返ると七頭の馬に跨ったジェルメの一団が近付いてきている。

「あいつ、何か話したそうな顔付きだったからな」

裕次郎は呟くと笑みを浮かべた。

すぐに騎馬の一団は裕次郎らに追いつき、七人は勢いよく地面に降り立った。みな精悍な顔付きをした若者たちである。リーダー格の一際若いジェルメが裕次郎の前に跪《ひざまず》くと、他の六人も一歩下がってそれに倣った。

「おいおい、どうしちゃったのさ」

目を丸くする裕次郎の前に、もう一人の若者が進み出た。目が細く顔が骨張っていて、ジェルメよりも幾分年上に見える男だった。

「ジェルメが、お願い、あると、言っています」

男の口から飛び出したのは、驚いたことに日本語だった。アノンほど流暢《りゅうちょう》な感じではないが、それでも会話にはまったく違和感は無い。

「日本語話せるのか」

「はい。日本の、大学、三年間、留学しました」

「へー、それでか。なるほど」

感心しながら裕次郎が頷くと、男はゆっくりとした口調で言ってきた。

「私は、スベエディ、と言います。お願いの前に、確認、したいこと、あります。ジェルメから、聞きましたが、あなたは、本当に、蒼き、獅子ですか」

「はぁ……またそれか。勘違いしてるんじゃねぇの。俺はそんなもんじゃねぇよ」

頭を振る裕次郎に、スベエディと名乗った男は、少し声高に続けてきた。

「でも、ジェルメは、見た、言いました。あなたの、背中に、印があると」

「へっ、それは唐獅子牡丹というモンモンだ。あんたらの言う蒼き獅子とは、ちと違うと思うがな」

「では、見せてください」

畳み掛けるように話すスベエディに、裕次郎はきっぱりと言い放った。

「断る。そんな軽々と見せびらかすようなモノじゃねぇんだ。構わねぇでくれ」

スベエディは失望したように首を振りながら、隣に跪くジェルメに何事か告げた。即座にジェルメが言い返す。それをスベエディが仕方なくといった表情で通訳する。

「やはりジェルメは、蒼き、獅子だと、言っています。では、ジェルメの、お願い、伝えます。私たちは、明日、裏切り者の、ボオルチュたちと、戦います。ハーンの、眠りを、邪魔しただけでも、大罪なのに、さらにロシアに、墓を、売り渡そうとしているからです。仲間たちも、集まります。あなたも、一緒に、戦ってください」

「えっ、なんで俺が。冗談だろう」

「冗談では、ありません。チンギス・ハーンの、遺言です」

「チンギス・ハーンの遺言だってぇ……俺がか」

目を丸くする裕次郎に、スベエディは鋭い視線のまま頷いた。

「将来、この土地が、乱れた際には、東方から、蒼き、獅子が、やってくる。その獅子の下に、集い、戦え……墓守の、ジェルメの、一族に伝えられた、遺言です。それで我々は、集められたのです」

「おいおいおい、俺はただの観光客だぜ。蒼き獅子なんかじゃねぇし。あんたらのトラブルになんか巻き込まねぇでくれよ」

「ダメ、ですか」

「ダメに決まってるさ」

「本当に、ダメ、ですか」

「ダメ。しつこい」

突き放すような裕次郎の口調に、スベエディは諦めの表情でジェルメにその旨《むね》を伝えた。ジェルメは縋りつかんばかりの勢いで、裕次郎の足元に平伏した。

「おいおい、顔を上げてくれよ。そんなことされても、ダメなもんはダメなんだ。なんたって俺、以前に大騒動起こしちまって、未だ謹慎中みてぇな立場でな。たとえ外国であろうと、トラブルはまずいんだよ。なっ、そうだよな、トミー」

困りきって振り返った裕次郎は、後ろから覗き込んでいた中村に助けを求めた。中村は慌てた様子で、何度も頷いている。

「まっ、詳しい事情は話せねぇが、そういうことなんだ。悪く思わねぇでくれ」

その一言でスベエディは立ち上がり、諦めの表情を深くしたまま他の五人に声を掛けた。すぐに屈強な二人の若者が近付いてきて、ジェルメの腕を引っ張って無理やり立たせた。それでも諦めきれない様子で、ジェルメは腕を振りほどき何事か早口でまくしたてた。それをスベエディが大声で諫める。ジェルメは一瞬ハッとした表情を浮かべたかと思うと、すぐにうなだれたまま馬に近付いて行き、力なく跨った。

「お騒がせ、しました。今の話、忘れてください」

早口でそう告げると、スベエディは仲間たちと共に素早く馬に跨った。スベエディの合図で一斉に馬が駆けだす。一歩遅れた感じで、ジェルメの馬も駆けだした。それを裕次郎らは一列になって見送った。途中、一度だけジェルメが振り返ったのを誰もが見ていた。

心底無念そうな表情だった。

「いいの、力になってやらなくて」

「へっ、トミーに言われるとは思わなかったな。いつも真っ先にブレーキかけてくるくせによ」

「それは、そうだけど……」

「あれ、ダワァン。いつ来たっすか」

ヒロシのとぼけた声に振り返ると、いつの間にか五人の後ろにダワァンが立っていた。真っ赤な顔をして、赤鬼のような形相で立ち尽くしている。ダワァンはアノンに向かって振り絞るような声で何事か告げた。

だが、その言葉はアノンの男勝りの口調の前に、たちどころに萎《しぼ》んでしまった。

「アノンちゃん。ダワァンは何て言ったんだい」

アノンは言いにくそうな表情のまま、小声で答えた。

「蒼き獅子なら戦うべきだ。ユウジローならモンゴルの民を助けてくれる、って」

「ふーん」

裕次郎は眉間に皺を寄せたまま腕組みをした。

「ダワァンの奴、なんてことを」

気色ばむ武藤の肩を軽く叩きながら、裕次郎はニヤリと笑った。

「そうだ。さっきジェルメはスベエディに何を言われて黙ったんだい」

「えっ」

アノンはさらに言いにくそうに、視線を落としたまま答えた。

「孔子《こうし》の言葉だと思います。日本語だと何て言いましたか、えーと……義を見て動かない者は……」

「ああ……義を見てせざるは勇なきなり、か」

「そうです、それです」

「ふふーん」

裕次郎は鼻から力強く息を吐いた。呼吸するたびに両肩が盛り上がってくる。

「裕ちゃん、熱くなったらダメだよ」

「わかってるぜ、べらぼうめ」

口調が一瞬にして伝法ふうに変わったのに気付いた中村は、思わず天を仰いだ。アノンが伝えた孔子の格言は、まさしく裕次郎の心にジャストミートしたに違いない一言だったからだ。今ふうの外見からは想像もつかないほど、本当の裕次郎は古くさい人間である。今や絶滅危惧種と言っていいほどの古典的なヤクザだ。歩く任侠と言い換えてもいい。体の中には八犬伝に出てくる、仁・義・礼・智・忠・信・孝・悌《てい》といった玉が無数に蠢《うごめ》いている。中でも裕次郎が一番大事にしているのは義であった。つまりは義の一言にメチャメチャ弱いのである。そして中村には見えていたのだ、今この瞬間、裕次郎の感情の導火線に微かに火がついたのが。消すなら今しかない。なんとしても足でグイグイ踏みつけて、消してしまうしかないのだ。中村はそれが親友としての務めだと頑《かたく》なに信じていた。

「いい、裕ちゃん。君子危うきに近寄らず、よ」

「ふふーん。なんでぇ、さっきは焚き付けるようなこと言ったくせによ」

「さっきは……つい」

「同情したってか。ふふーん。だいたいな、君子ってのは立派な人格と教養を備えた人物のことを言うんだ。だから俺には当てはまらねぇ。なんたって、ただのバカ野郎だからよ。だがよ、バカなヤクザにも五分の魂がある。それを奮い立たせてくれるのが義ってやつだ。俺はこの旅でモンゴルの自然からさまざまなことを感じ、学んだ。なにより自分の小ささを教えられたよ。この先、少しでも浮《うわ》ついた気持ちになりそうになったら、俺はモンゴルの大自然を思い出すことにした。戒《いまし》めとしてな。つまりモンゴルの大地に借りができたようなもんだ。借りは返さなきゃいけねぇ。なぁ、トミー、そうだろう」

裕次郎の語気はますます強くなった。

「それは、そうかもしれないけど……いや、ダメ。ここで騒動を起こしたら、恭子さんや美咲ちゃんが泣くことになるんだから」

中村は裕次郎のアキレス腱である妻と娘の名前を出した。

「ふふーん。いいか、トミー。義とは、人として当然なすべき正しい道のことを言うんだ。結果がどうであれ、正しいと思う道を行く限り、恭子も美咲も泣きはしねぇ。それぐれぇの覚悟はできてるって。なんたってバカな極道の、妻と娘だぜ」

「そんなぁ……」

中村は絶望した。とはいえ、これが初めての絶望ではない。裕次郎との長年にわたる付き合いの中で、何度も経験していることだった。そしてそれは決して残念なことではないのだ。不思議なことに、むしろ清々《すがすが》しささえ感じてしまう絶望なのであった。

「大丈夫だ。いきなり無茶はしねぇよ。熱くなりすぎるのが俺の欠点だってこともわかってらぁ。とりあえずフドーアラルのキャンプに戻ろうぜ。いったん頭を冷やさなきゃな。いいだろう、これで」

「うん、いいけど……」

「へっ、そうだ、強いアルヒが飲みてぇな。武藤さん、まだあるかな」

「えっ、ええ。まだ何本かなら」

「よーし、話は決まった。帰って酒盛りしながら考えようぜ。なぁ、ダワァン」

裕次郎は笑いかけながら、うなだれていたダワァンの大きな肩に手を回した。ダワァンは一瞬驚いたように目を見開いた後、躊躇しながらも裕次郎の肩に自分の太い腕を回した。裕次郎は笑みを浮かべたまま、ダワァンの耳元で囁いた。

「俺はモンゴルを裏切らない。レッツゴー、フドーアラル。オーケー」

「オーケー」

　意味が通じたとは思えなかったが、ダヴァンの澄んだ目は潤んでいた。

　二人の大きな影が草原に伸びていく。影の先では無数のバッタが、威勢よくホバリングを始めていた。一度垂直に飛び上がると、驚くほど長い時間滞空している。モンゴルのバッタは日本のバッタよりもはるかに元気なようだ。ブーンブーンと、重なり合う羽音はやかましいほどだった。

　その羽音が一斉に止んだ。

　足元のまばらな草が微かに揺れだしている。その風の向こうから、また新たな風が甲高いエンジン音と共に近付いてきていた。耳障りな音の主は一台のロシア製の軍用ジープであった。一直線に向かってきたジープは、急ブレーキをかけると裕次郎らの眼前に激しい砂埃《すなぼこり》を上げながら停まった。舞い上がった砂埃がおさまる前に飛び出してきたのは今岡だった。モンゴルの大地には不似合いなほど白いエナメルの靴で降り立った今岡は、ズレたサングラスを人差し指で直すと、大股で一歩前に進み出た。

「久しぶりやのう、黒沢裕次郎」

　相変わらずの虚勢ぶりだ。この男の腕っ節は口ほどでもない。はっきり言って文化部系ヤクザであることを、裕次郎はよく知っている。

「おう、たしか熊坂組の今岡だったよな」

　慌ててヒロシが裕次郎の前に出ようとした。裕次郎はそれを右手で制し、自ら一歩前に歩み出た。ジープの中からは黒尽くめの男が二人降りてきた。ホテルの駐車場で裕次郎に懲らしめられた二人組だった。

「おう、あんたらか。顔のバンドエイドは取れたようだな。よかった、よかった」

「なんだとぉー」

「テメェー」

　二人は狂犬のように歯を剝き出した。今にも飛び掛かってきそうな口調ではあるが、明らかに腰がひけている。

「よせ」

　今岡も裕次郎同様、男らを手で制した。

「覚えてくれてたんや。光栄やな」

「忘れやしねぇぜ。だから飛行機の中で見掛けた時は驚いた」

「なにぃ、同じ飛行機やったのか」

「それだけじゃねぇ。悠長に騎馬隊のショーも見物してたろう」

「なんやとぉ、まさか先回りしとったんか」

「さて、どうかな」

裕次郎はうそぶいた。本当はどちらも偶然のはずだ。ただ、今岡のリアクションの大きさに、にわかに悪戯心が湧き上がってきたのだ。

「そういやぁ、ロシアのマフィアと一緒にいたろう。小柄な鷲鼻のオッサン」

「うっ、なんでそれを」

今岡のサングラスに隠された目に、たちまち疑心暗鬼の色が浮かんだ。

「シノギを海外に求めたんだろうが、あまり外国の悪い奴らとつるまねぇ方がいいぞ。後が怖い。ビジネスなら、俺らみてぇにカタギ衆を相手に正々堂々とな」

「ビジネスやと」

今岡は唸った。唸りながら瞬時に物事を天秤《てんびん》にかけて量りだす。裕次郎の言葉から推測すると、まず相手は自分がビジネスでモンゴルを訪問していることを知っている。そしてロシアのマフィアと手を結ぼうとしていることも。さらに相手もビジネスで訪問していて、どうやらここアウラガが目的地らしい。となると、目指すビジネスの中身が一緒ということも考えられる。いや、そうに違いない。今岡はさらに唸った。このビジネスに関しては、争いごとをしている場合ではない。なにせ上層部からは早急に話をまとめることを求められていた。黒沢と諍《いさか》いを起こして生じる時間のロスは避けるべきだ。なによりこのビジネスには、自分自身の名誉挽回が懸かっている。たとえ憎い相手であっても、ビジネスとなれば話は別物と考えるべきだ。復讐は後回しにしても構わない。うまく話をまとめて、取り分で差をつければいいだけだ。それなら上層部も納得するだろう。元々頭の回転の早い今岡は、現時点での損得勘定のみで判断するタイプだった。だが、導き出した答えには、稀《まれ》に間違いがある。そして、この時がそうだった。

「わかったで、なら話が早い。お前らがアウラガにおるところを見て、確信したわ。無駄な戦争はせえへん方が利口やもんな。どうや、すんなり手を引いてくれんか。虫のいい話やけどな。まぁ、無理やろな。それがダメなら……ワイらと手を組まんか。条件は話し合い次第やけどな」

「ほほう、そう来たか。てっきり恨まれてるとばかり思ってたがな」

「そりゃ、もちろん恨んどるがな」

今岡は煙草を取り出し火をつけた。深々と吸うと、煙と一緒に思いまで吐き出した。

「正直、お前らへの恨みつらみを書き上げたら、大学ノート一冊じゃ足らへんで。あの一件で、ワイがどれほど冷や飯食わされることになったか。思い出しても、胸糞悪うなるわ。しかし、しかしやで、そんなことは大事の前の小事や。組織の先行きを左右するほどのビジネスの前では、そやな、恩讐の彼方にってやつや」

「へえー、心が広いな。で、どのビジネスのことを言ってるんだ」

相手が何か勘違いしていることに気付いた裕次郎は、内心笑いだしそうになりながら鎌をかけた。こうなると役者が一枚上である。

「ど、どのビジネスやと。レアメタルだけちゃうんか」

裕次郎の頭にレアメタルというどこかで聞いたことのある単語が飛び込んできた。正直、頭の片隅に疑問符がゴシック体で浮かんでいたが、ここまで来ると主導権は裕次郎が握ったようなものである。口を滑らせた今岡に対する会話は誘導尋問に近い。

「レアメタルもそうだが、それだけじゃねぇ。モンゴルはビジネス的にまだまだ手付かずの国だ。うまく立ち回ればビッグビジネスに繋がる要素が多々ある。俺らとて、必死にあれこれとリサーチしている最中さ。お前のところもそうだろう」

裕次郎は自信満々の笑みを浮かべた。もちろん虚勢である。

「さすがやな。目の付け所がワテと一緒や。敵ながらアッパレっちゅーところやな。そうや、狭い日本で血眼になってシノギを削っとるなんて笑い種《ぐさ》やで。これからの極道は海外に目を向けんとアカン。それもただのマネーロンダリングやのーて、国を動かすぐらいの新規のビジネスや。しかしレアメタル以外にも儲け話があるんなら、一口乗りたいくらいやで。で、どうするんや」

「さて、それはそちらの出方次第。だいたいお前の方の話はどこまで進んでるんだ」

裕次郎は瞳に怪しい光を浮かべた。今岡はそれには気付かず、ここぞとばかりに胸を張った。

「モスクワにいるロシアンマフィアの大物と話を進めているところや。お前が見た鷲鼻のオッサンはマフィアの幹部で、モンゴルの現地責任者や。元々お宝探し的なことが好きな男らしくてな、掘削《くっさく》技術も持っとるんやと。まだ試し掘りの段階やけどな。今回、奴らが有望だと言いだした場所が、ここアウラガや。ワテは接待付きの視察っちゅーところやな」

「ほう。外国人相手にそこまで進めているとは大したもんだな」

「ワテはこう見えても、外語大のロシア語学科を出とるんや。通訳いらずやからな」

「そうか、スゲェな」

今岡は自慢げに鼻の穴を膨らませている。

「で、どうするんや」

「とりあえずゲルテントに戻って考えてみるぜ。なにせビッグビジネスだからな。俺の一存だけでは決められねぇしよ」

「それも、そやろな。まぁ、ええ。ワテは明日までアウラガにおる。気持ちが固まったら来ればええ」

「ああ、その時はそうさせてもらうぜ」

裕次郎の返答に満足げに頷いた今岡は、くわえ煙草のまま片手を上げると、まっすぐ車に戻った。二人の黒尽くめの男も、慌ててその後を追った。急発進するジープを見送りながら、裕次郎は我慢しきれず笑いだした。

「あいつ、利口そうに見えて、やっぱりアホだな。なぁ、ヒロシ」

「へい」

「業務上の秘密をペラペラと喋りやがった」

中村とヒロシも腹を抱えている。笑い声を上げる三人に、武藤が恐る恐る近付いてきた。

「あのう……熊坂組って、まさか、あの有名な暴力団の……」

「ああ」

裕次郎は爽やかな笑顔を浮かべつつ振り返った。

「いけません、いけませんよ。関わり合いになっちゃ大変です」

「大丈夫だよ。熊坂組と関わり合いになりてぇなんて、これっぽっちも思っちゃいねぇさ。ただ、どういうわけか、あっちが近付いてくるんだよな」

「だったら離れましょう、一刻も早く」

武藤は裕次郎の腕に縋った。

「武藤さんに迷惑はかけねぇ。それより教えてほしいことがあるんだ」

「な、なんですか」

「ニュースで聞いたことはあるんだけど……レアメタルって、なんだっけ？」

「えっ、知らないで話してたんですか」

「ああ、話を合わせてただけ。そうしねぇと聞き出せねぇからさ」

「なんと！」

武藤は絶句して、裕次郎の腕から手を離した。ガックリと肩の力が抜けたようになった
武藤は、俯きながら笑いだした。

「まいりましたね、黒沢さんには。どうにも、私の定規では測れない人物のようです。わかりました。お教えしましょう。とはいえ、そんなに詳しくはないのですが」

「いいよ、わかる範囲でさ」

「はい」

武藤は腕組みしながら、何事か思い出すような表情で語りだした。

「レアメタルとは希少金属のことです。もっともこの呼び方は日本独自のもので、海外で

はマイナーメタルと呼ばれています。つまり埋蔵量が少なかったり、採取が難しい金属のことで、レアアースと呼ばれる希土類もこれに含まれます。こういったものは、今やハイテク製品の製造に欠かせないものとなっています。例えばハイブリッド自動車や携帯電話、液晶テレビにも必需品です。なかなか採れないのに需要は増大。したがって国際市場での価格は軒並み上がっているそうです」

「なるほど。で、それがどっさり埋まっているのがモンゴルなんだな」

裕次郎は何度も頷いた。

「正確に言うと中国です。たとえばレアアースやタングステンなどに関しては、世界の産出量の九割を担っているんです。そしてハイテク産業の盛んな日本は、その四分の一も使用しているそうです。ところが中国はレアメタルの輸出をたびたび制限して、これを外交の武器に使うようになってきたんです。その有効性に気付いたんですね。つまり、こちらの言い分を聞かなければ、レアメタルをやりませんよ、って」

「汚《きたね》ぇなぁ、それって脅しじゃねぇか」

「そうです。恫喝《どうかつ》外交です。そこで密かに注目されるようになったのが、モンゴルです。なにせ中国とは地続きの隣国ですからね」

「なるほど、よくわかったよ。それで実際、モンゴルにも埋まっているってことは確認されてるのかい」

「はい、たしかにあるようです。ただし、まだ調査途中といったところです。なにぶん、鉱山開発に関しても後進国ですから」

「ふーん、それに目を付けたというわけか。ベンチャーだな。それにしても武藤さん、やけに詳しいじゃねぇの。もしかして、一山当てようって考えてるんじゃねぇの」

武藤は苦笑いを浮かべながら右手を振った。

「レアメタルに関しては、以前日本の商社から調査手伝いの依頼がありまして、通訳や運転手の手配をしました。彼らの調査によれば、たしかに埋まっているそうです」

「じゃあ、なんで掘らねぇんだ」

「それは、リスクを恐れたからのようです。つまり、埋まっているのは確認できても、その量がわからない。採算性で踏み出せなかったんですね。まぁ、日本的と言えばそれまでですがね。だいたい日本の企業は、はっきりと埋蔵量がわかってから動きだす傾向にあります。でも、それだと手遅れの場合も多々あるんですよ。すでに西欧の企業が権利を手に入れてたりしてね。モンゴルのレアメタルも、日本が二の足踏んでいるうちに、隣国のロシアや中国に持って行かれるかもしれませんね」

「うーむ。これは企業レベルじゃなくて、国レベルで取り組む問題じゃねぇの」

「おっしゃる通りですよ。レアメタルは恫喝外交をする上で、戦闘機やミサイル以上の威力があると言われてますからね」

「ということは、熊坂組、いや、今岡は大したもんだ。さすがにエリートは目の付け所が違うぜ。なぁ」

裕次郎は唸った。

「それより……」

武藤は同意せず、眉間に皺を寄せたまま口ごもった。

「なんだい武藤さん。その、気になる言い方」

「いえ。熊坂組という名を聞いて、ふと商社の連中が囁いていたことを思い出したんです。その……これから怖いのはファンド詐欺だって」

「ファンド詐欺！」

「ええ。つまり出資者を募って金を集めてトンズラする。これからはそういう輩《やから》も出てくるかもしれないって話をしていて」

「うーむ……たしかに有り得る話だな。タイムリーな儲け話に飛びつく奴は、必ずいるからな。てことは……俺に詐欺の片棒を担がせようとしてるってのか」

「いえ、そうは言っていません。本当の採掘話なのかもしれませんが、でも、気を付けるに越したことはありませんから」

「そうだよ、裕ちゃん。相手はあの熊坂組なんだからね」

中村も不安げな顔で見返した。

「それに盗掘はいけないことよ。裕ちゃん、どうするつもり」

「あのぉ……」

すまなさそうにヒロシが口を挟んできた。

「なんだ、ヒロシ」

「チンギス・ハーンのことっす。すっかり忘れちゃってるような感じがするっす」

「おおー」

裕次郎と中村は同時に声を上げた。

「たしかにどっかに飛んでっちまってたなぁ。世界的大発見なのによ。そうだよ。あそこにチンギス・ハーンが眠ってるんだよ。色々ありすぎて頭が混乱しちまった。そうだ、そうだよ。するってぇと、なにかい。マフィアの連中はレアメタルとチンギスの財宝を同時に手に入れようとしてるってことか」

「たまたまなのかもしれないけど、結果から言えば一石二鳥ってことになるわね」

「なんてこった。混乱しただけじゃなくて、なんだか腹も立ってきた。うーむ……まぁ、落ち着かなきゃな。よし、難しいことはフドーアラルに戻ってからじっくり考えるさ。さぁ、とっとと帰ろうぜ」

裕次郎はダワァンの幅広の肩に腕を回した。言葉は何も無かったが、ダワァンは笑顔で頷いた。合わさった二人の影が、さらに長く草原に伸びていった。その影から湧くように無数のバッタが飛び上がり、再び力強いホバリングを始めだした。

敵はアウラガにあり

「さすがに少しばかり頭が痛ぇや」

裕次郎はこめかみを片手で押さえながらスーテーツァイを啜った。

「そりゃ、当たり前よ。あれだけ飲んだんだもの。それなのによく食べられるよねぇ」

裕次郎のテーブルの上の皿は、すっかり平らげられている。当然、向かい側のヒロシの皿も同様だ。

「朝ご飯はしっかり食べねぇと体にも頭にも良くねぇんだぞ。特に育ち盛りにはよ」

「どこまで育つつもりよ」

中村は呆れて横を向いた。センターハウス内に、裕次郎らの他に客はいない。ダワァンとアノンもすでに食事を終えていたが、武藤は青白い顔をしたまま椅子に沈んでいる。それも当然で、昨夜は残っていたアルヒだけでは足りなくて、このセンターハウスに置いてあった酒まで飲み干したのだ。並の人間なら半日使い物にならないだろう。

「さあて、行くか」

「へい」

裕次郎とヒロシは同時に立ち上がった。

「行くって、まさか」

中村は慌てて立ち上がった。

「決まってるだろう、約束を果たしによ」

「約束なんてしてないじゃないの」

「ふっ、俺もしたつもりはねぇんだが、遺言てのは重てぇもんだな」

その言葉が通じたとは到底思えなかったが、すぐさまダワァンが勢いよく立ち上がった。アノンは信じられないものでも見るかのように、目を丸くしたまま腰を浮かせた。

「そういやぁモンゴルの刀ってのが、ずっと気になってたんだが」

裕次郎が指差した場所には、騎馬隊の装束が二体飾られている。もちろん記念撮影用のレプリカだ。

「ヒロシ、手伝え」

「へい」

二人は壁に飾られた装束から、革製の鞘がぶら下がったベルトをはずし、裕次郎の腰に巻いた。鞘の中には剣が納まっている。もちろん模造刀だ。

「レプリカとはいえ、結構重たいもんだな」

すぐに女性支配人が、何事かまくしたてながら近付いてきた。即座にアノンが言い返すと、それまで死んだように眠っていた武藤がゾンビのようにむっくり立ち上がった。武藤は尻ポケットから取り出したツゥグリク札を何枚か女性支配人のエプロンのポケットに勢いよくねじ込んだ。

「アノンちゃん。外で記念撮影したいんで、しばらく貸してほしいと言ってくれ」

すぐに通訳すると、女性支配人はポケットの中から取り出した札を伸ばしながら、愛想よく頷いた。

「さぁて、行くか」

「へい」

「ちょちょ、ちょっと待ってよ」

すかさず中村が二人に追い縋った。

「予定表だと、今日はウランバートルに戻る日なんだから」

「わかってるよ。俺だって戻るつもりさ。だけどよ、今日という日は長ぇぜ。今日中にウランバートルに戻りゃ、文句はねぇだろう。だから、その前に少しばかり寄り道するだけだ。おい、ヒロシ。トミーと一緒に行って、車に荷物積んどけ」

「へい」

「ちょ、ちょっと、どういうこと。今岡と手は組まないって昨夜《ゆうべ》言ってたじゃないの」

「組まねぇよ、見損《みそこ》なうな」

「だとしたらもういいじゃない。遺言もなにも」

「つべこべ言うな。帰りがけの駄賃だ」

「なによ、それ。意味わかんない」

呆れ顔の中村を置いて、裕次郎はゆっくりと外へ出た。

「本当なら真っ白な晒《さらし》を巻いて、着物に雪駄《せった》で行きてぇところだが、モンゴルじゃ仕方ねぇな」

裕次郎が呟くと、ヒロシは無言で頷いた。裕次郎は真っ白なTシャツとブルージーンズ姿だ。殴り込みの正式スタイルである白鞘の日本刀の代わりは、モンゴル騎馬軍団の剣だ。照りつける太陽の陽射しを浴び、目を細めながらコンクリートの階段を下りる。柔らかな地面に降り立つと、裕次郎は腰の剣を抜いた。切っ先が尖った片刃の剣だ。日本刀によく似た反りが入っている。柄《つか》には馬の頭が刻印されていた。模造刀とはいえ、造りはそれなりにしっかりしている。裕次郎はその剣を両手で握り、中段に構えた。その姿はまさしく草原の勇者そのものであった。

「さぁ、出発だぁ。レッツゴー、アウラガ」

裕次郎の威勢の良い一声で、車は急発進した。ハンドルを握るダワァンの顔は、脂《あぶら》ぎって生き生きとして見える。車内に響き渡る裕次郎の高笑い。つられて笑い声をヒロシが上げた。

「あんたたち、正真正銘のバカね」

うんざりとした顔で中村が呟く。隣の武藤は極度の二日酔いで俯いたままだ。もはやコーディネーターの仕事もどこへやらといった様子だった。アノンは助手席で、なにやら考え事でもしているかのように無言だった。

フドーアラルからアウラガまでは直線距離で二〇キロしかない。しかしその間は道標のない草原だ。上り下りを巧《たく》みなハンドル捌きで越えて一時間はかかる。

出発して一五分ほどだ。車がなだらかな丘陵を越えた瞬間、ダワァンが奇声を発した。

「なんだ、なんだ」

身を乗り出した裕次郎の目に、驚愕の光景が飛び込んできた。

「ウ、ウソー」

中村は思わず叫んだ。

元々道なき道である。道と呼べるのは、草原に濃く刻まれた数本の轍だけ。その轍の両脇に、武装した騎馬の群れが整列していた。その数、左右に二五騎ずつ。先頭の者は、それぞれ青い旗を掲げている。縁取りは赤で、旗の端に付けられた赤い吹き流しのようなヒラヒラが風に舞っている。居並ぶ兵士の鎧装束は色とりどりだ。跨る馬の色も茶、白、黒とさまざまである。だが、そういった雑然さを包む大いなる整然さというものが強く感じられる集団だった。調和の取れた部隊。そうとしか感じられなかった。まさしくイベントで見たモンゴル国軍の騎馬隊そのものである。その光景に圧倒されたのか、ダワァンは慌ててポンピングブレーキを踏んだ。キキーッと耳障りな音を立てて停まった車に、隊列の中から一頭の茶色い馬が進み出た。跨っていたのはジェルメだった。ジェルメは目を細め、恭《うやうや》しく一礼した。

「おい、ダワァン。サン・ルーフを開けてくれ。サン・ルーフ、オープン」

意味が通じたらしく、ゆっくりと天井に取り付けられた電動のサン・ルーフが開いた。眩しい青空を仰ぎ見つつ、裕次郎は上半身を静かにそこから覗かせた。外から見えなくなっている下半身は、実はしっかりとヒロシが支えている。騎馬隊がにわかにどよめいた。

裕次郎は周りを一瞥し、ジェルメに対して大きく頷いた。そして腰の剣を抜くと、無言のまま高々と天に向かって突き上げた。光を浴び、まばゆく輝く剣。居並ぶ馬上の兵士たちが次々と腰の剣を抜き、裕次郎に倣《なら》った。そのまま裕次郎は深く息を吸い込んだ後、草原に轟くような大音声《だいおんじよう》を発した。

「いざ行かん！　敵はアウラガにあり！」

叫び終えた勢いのまま、裕次郎は剣を前方に振り下ろした。

「オオーーッ！」

兵士たちが一斉に声を発し、剣を何度も空に突き上げている。

「行くぞ、ダワァン」

「オーケー」

裕次郎らを乗せた車が動きだすと、その左右に二五騎ずつの馬が従った。草原を疾走する車を核に、左右にV字型に延びる計五〇騎の騎馬軍。まるで白鳥の北帰行のようでもある。中村は興奮の面持ちでデジカメを構えている。土煙が野焼きのように後方へと流れて行った。空から見下ろせば、おそらく雄大で見事な光景であったに違いない。

しかし驚愕はこれだけでとどまらなかった。しばらく行くと草原にまた騎馬隊が左右に二五騎ずつ整然と待っていたのだ。彼らは目配せだけで吸い込まれるように静かに合流し、V字型の一部と化した。V字が一回り大きくなる。さらにまた行くと二五騎ずつの群れが忽然と現れ、溶けるように吸収された。V字が一段と大きくなり、まるで翼を広げた鳥のように見えてくる。それを実に六度繰り返し、騎馬隊の数は三百に膨れ上がった。

気付くと騎馬隊の群れは、アウラガ遺跡の手前に到達していた。

裕次郎らを乗せた車が停止すると、両翼はゆっくりと真一文字の隊形に広がった。裕次郎は武藤から双眼鏡を借り受け、二〇〇メートルほど先の盗掘現場の様子を窺った。

「うーむ、まずいな」

迎え撃つ連中も、ただ黙って待っていたわけではなかった。軍用トラック三台を、盾のように並べている。木製の櫓の上には、双眼鏡を持った男の姿。人員も昨日より明らかに増えていた。確認できるだけで、百人以上はいるだろう。しかも大半の連中が銃器を手にしていた。それに引き換え騎馬隊は数こそ多いものの、ほとんどが弓や槍といった旧式の武装だ。中にはライフル銃を肩に掛けている者もいるが、それとて数十人。軽機関銃でも撃ち込まれたら、たまったものではない。

いきなりタタタタタッという乾いた音がして、足元が横一列に土煙を上げた。銃弾だ。おそらく威嚇射撃のつもりなのだろう。

「うわっ、いけません。戻りましょう」

二日酔いが吹っ飛んだ顔で、武藤が喚く。アノンや中村は座席で体を縮めた。数頭の馬が嘶き、隊列が一瞬乱れかけた。しかし騎馬隊の士気自体はいささかも下がらなかった。むしろモンゴル人の闘争本能に火をつけたと言っていい。飛び出そうとする兵らを、各隊の隊長らが必死に押しとどめている。もはや一触即発の状態と言っても過言ではなかった。裕次郎は痛いほどの視線を感じていた。いまや三百の兵が、サン・ルーフから上半身を覗かせた裕次郎の号令を、今か今かと待っているように思えた。だが、裕次郎は躊躇した。このままでは無闇に血を流すことになるのは目に見えていたからだ。何か手はないものか。裕次郎は必死に脳細胞を働かせた。司令官であるジェルメが、ゆっくりと馬に跨ったまま近付いてくる。

その時だ。遠くからエンジンの音が聞こえてきた。オートバイの音だった。騎馬隊の兵士らは一斉にその方向に目をやった。真っ黒なオートバイが猛烈にスピードを上げ、土煙を後方に置き去りにしながら疾走してくる。やがてオートバイは向かい合う両陣営の間に割り込むように入ってきた。乗っているのは中肉中背の人物。黒革のライダーズジャケットに身を包み、黒いフルフェイスのヘルメットをかぶっているため、表情を窺い知ることはできない。真っ黒なオートバイは草原のど真ん中に、後輪タイヤを激しくスリップさせながら停まった。土煙が一段と高く舞い上がる。オートバイから降り立ったライダーは、ゆっくりとヘルメットを脱いだ。その瞬間、長い黒髪が流れるように落ちた。女のようだった。右手でその髪をかき上げた横顔を見て、裕次郎は思わず声を上げた。

「ゾッザヤ」

「えーっ」

アノンが車の窓から顔を出す。

「なんで……どうして……？」

ゾッザヤは両陣営を一瞥した後、歌い上げるような口調で叫びだした。それをアノンが慌てて通訳する。得意の同時通訳だ。

「我は偉大なるシャーマン、ココチュの末裔。神の啓示を伝えに来た」

その叫びを耳にした瞬間、騎馬隊の兵士らは馬から飛び降りた。素早く大地に片膝をつき頭《こうべ》を垂れる。対する盗掘陣営でも、至る所でどよめきが起きている。櫓の上で銃を構えていた男は慌てて跪いた。

「ココチュって、チンギス・ハーンに影響を与えたシャーマンって言ってたよな」

裕次郎が車内を見下ろすと、小さくなっていた中村が見上げながら答えた。

「そう。チンギスが王として認められるための宗教的後ろ盾になったシャーマンよ。すごい。今でも影響力があるんだ」

「その末裔が……ゾッザヤ。たしかジェルメはココチュの末裔から言い伝えを聞いたって言ってたよな。だとしたらあいつら繋がってるってことか」

ゾッザヤの歌うような叫びはまだ続いた。

「チンギスが眠りし大地を大量の血で汚してはならない。神は選ばれし者の血のみを許す。いざ、両陣営より出でよ、三人の勇者」

「三人の勇者だってぇ」

草原のど真ん中に立つゾッザヤは両手を胸で組み、盗掘現場に向かって歌いだした。それは以前耳にしたオルティン・ドーの調べに似ていた。

「チンギスに挑みし者よ。戦う勇気はあるか。チンギスの親友、ボオルチュの血を継ぎし者よ。チンギスの宿敵、ジャムカの血を継ぎし者よ。そしてそれに従う者よ」

「なんだと……親友の次は宿敵だってぇ」

「すごいよ。ということは敵の中にジャムカの子孫もいるんだ。ジャムカってのは、かつてチンギスがまだテムジンと名乗っていた頃からの無二の親友だったんだよ。それが後に関係がこじれてしまい、修復不可能となってね。執念深い宿敵となってチンギスに戦いを仕掛けてくるの。最後は捕らえられるんだけど、チンギスはかつての盟友だから殺したくなかった。だけどジャムカは血を流さずに殺してくれと頼むの。これは貴族に対する処刑方法でね。それで望み通りに袋に入れて馬に踏ませて処刑した後、丁重《ていちょう》に葬ったんだって。すごいよぉー、怖いけど、すごい」

しばしの静寂の後、盗掘現場から声が響いた。ボオルチュの声のようだった。

「了承したぁー。こちらも無駄な血は望まないー」

ゾッザヤは小さく頷くと、今度はおもむろに騎馬隊の方を向き、さらに歌を続けた。

「戦う勇気はあるか。チンギスの遺志を継ぐ者よ。チンギスの血を引く者よ。そして海の彼方より参られた蒼き獅子よ」

アノンが通訳しながら振り返り、驚いたように裕次郎の方を見上げた。

「ふふん。つまり……それは、あれか。代表戦っていうか、三対三で戦えってことだよな、ヒロシ」

「へい」

「で、それに俺、指名されちゃったわけだ」

「そうみたいっす」

「しかし、なんで三人なんだ？　剣道や柔道とかの団体戦だと普通五人だし、代表決定戦なら一対一でいいんじゃねぇの」

再び見下ろす裕次郎に中村は首を伸ばして答えた。

「ほら、博物館で学芸員が言ってたでしょ。モンゴルでは一と二は数ではないって。三になって初めて安定した数になるとかって。お国柄なんだから仕方がないじゃないの」

「そうか、お国柄なら仕方ねぇか」

「ちょ、ちょ、ちょっと待ってください。これ以上危険な目に遭わせるわけにはいきません。戻りましょう。さぁ、ダワァン、早く車を動かせ」

蒼白な顔付きで武藤が手を伸ばし、運転席に座るダワァンの肩を揺らした。だが、ダワァンはハンドルを固く握り締めたままゾッザヤを睨み付け、微動だにしなかった。

「武藤さん、もう遅ぇよ。立場上まずいんだろうけど、ここまで来たら引き返せねぇ。悪いなぁ。まぁ、安心してくれ。何があってもツアー会社に文句は言わねぇからよ」

「そ、そんな……」

がっくりとうな垂れる武藤の後ろでは、中村が首を傾げていた。

「蒼き獅子は裕ちゃんで、チンギスの遺志を継ぐ者はジェルメだとして……チンギスの血を引く者って……誰?」

その呟きが聞こえていたかのように、いきなりダワァンが運転席のドアを荒々しく開け、外に降り立った。ダワァンは険しい表情を浮かべたまま車の前に進み出て、すっくと仁王立ちした。

「えっ……ま……まさか」

目を丸くさせた中村の細い体に、武藤が縋りついた。

草原ではゾッザヤが微笑みを浮かべながら、再び歌いだした。

「チンギスの血を引く者、ダワァンよ。今こそ戦いの時だ。ジェルメ、ユウジローと共に戦え」

通訳するアノンも目を丸くさせたまま、ダワァンの背中から視線をはずせずにいる。

「へっ、ダワァンがチンギス・ハーンの子孫だってぇ。へへへっ、おもしろくなってきたぜぇ。ヒロシ、車から降りるぜ」

「へい」

裕次郎はサン・ルーフから頭を下げ、開いたスライド・ドアから外へ飛び出した。そのままダワァンに駆け寄る。

「このヤロウ、隠してやがったな。コノコノコノ」

腹部へ軽くジャブを食らわせると、ダワァンは困ったような顔で笑った。すぐにジェルメが駆け寄ってくる。誰からということなく、三人は固く手を握り合った。

「やってやるぜ。これが俺なりのモンゴルへの借りの返し方だぁ！」

裕次郎は二人の顔を見回しながら吼えた。

草原の決闘

太陽が真上に来た。遮るものは何も無い。日の光の中、大鷲が翼を広げ、ゆったりと円を描くように天を舞っている。優雅なように見えて、実は獲物を探しているのだ。時折吹く風が血の臭いを運び、まばらな草の海を揺らす。

ここにリングのようなものは無い。ただどこまでも広がる草原である。しかし四方を屈強な男たちとその視線に囲まれた四角い空間は、見えないリングそのものであった。男たちは誰も声を発しない。いや、発せずにいるのだ。耳に聞こえているのは風の音と荒い呼吸だけだった。男たちは手を固く握り締め、それぞれが支持する者の姿を凝視《ぎょうし》している。

見守る者たちは誰も武器を持ってはいない。戦いに選ばれた者以外、手にしてはならないとゾッザヤが命じたのだ。したがって銃は各陣営に置いてある。剣のみが、六人の勇者に渡されていた。戦い方は、それぞれが選ぶのだ。

約一〇メートル四方の赤茶けた大地に、折り重なるようにして倒れ込んだ二人の男。草原側に倒れたのはチンギスの遺志を継ぐ者、ジェルメ。そして丘側に倒れたのは長髪で屈強な体付きをした男、ジャバル。先祖はチンギス軍の将だったと言う。両者は素手での戦いを望んだ。

共にボクシング経験があると見えて、序盤はまるで世界戦のようなクリーンな戦いぶりだった。しかし熱を帯びるのも早く、途中からはクリンチならぬ取っ組み合いに変わり、モンゴル相撲の様相を呈しだした。やがて殴り合いに戻り、最後は両者共にカウンターのパンチを狙い打った。それがほぼ同時だった。いわゆるクロスカウンターというやつだ。両者共に、相手に決定的なダメージを与え、そして同時に食らった。これがボクシングだったら、とっくに一〇カウント数え終わっている。周囲を取り囲む者たちは、どちらが先に立ち上がるかを、まんじりともせずに待ち続けているのだ。だが、両者はピクリとも動かなかった。

「もういい。引き分けでいいだろう。誰か相手側に伝えてくれ」

じれったそうに叫んだのは裕次郎だった。日本語のわかるスベエディがそれを通訳し、両陣営から何人かが飛び出した。倒れ込む二人の頰を叩き、抱き上げる。しかし、両者はグッタリとしたままだった。そのまま何人かで、それぞれの後方へ運び出す。

人の流れを縫うようにして、相手陣営からフラリと男が前に出てきた。瘦せた目の細い男で、鼻の下にドジョウのような髭を生やしている。埃だらけのグレーの作業着姿だ。男はギラギラと銀色に輝く細身の刀を右手にぶら下げていた。

「あれが、ジャムカです。狂える剣の、使い手です」

スベエディが裕次郎の耳元で囁いた。

「狂える剣……だと」

ジャムカはクスリでもやっているのか、フラフラとした足取りで四角い大地の真ん中に立った。そしてゆっくりと刀を掲げて、ダワァンのいる方向を指した。迷彩服姿のダワァンは無言で頷くと腰の鞘から剣を抜いた。騎馬隊の小隊長格の男から借りた剣だ。切っ先が尖った片刃の剣で、柄の部分は金色だ。しなやかな反りは、上から下に切り下ろすのに適しているという。

「しかし素手には素手で、剣には剣で戦うのか。モンゴルの決闘のしきたりって、意外とクリーンだな」

「武士道と、一緒です。卑怯者は、軽蔑されます。正々堂々と、戦います」

「うむ、気に入った。飛び道具も陣地に置いてきてるしな」

スベエディの言葉に頷くと、裕次郎はダワァンの動きに目を向けた。

ダワァンは中段に構えたまま、ジリジリと前に進み出た。

ダワァン対ジャムカ。いわば宿命の対決である。先祖はかつて無二の親友であり、やがては袂を分かち因縁の仲になった。だが、それは見ている側の感傷にしかすぎない。そんなことなど、向かい合った二人はこれっぽっちも考えてはいないだろう。目の前の敵を倒す。今はそれだけだ。

腰を落とし体を左右に揺らしながら、ジャムカが間合いを詰めてきた。一瞬下がりかけて躊躇したダワァンに、先制攻撃の剣が地面スレスレから襲ってきた。ジャムカが飛び込みながら剣を切り上げたのだ。その剣を上からダワァンが打ち返す。嫌な金属音がして、激しく火花が飛んだ。

ジャムカの攻撃は止まらない。円を描くようにクルクルとダワァンの周りを回りながら、息もつかせぬ攻撃を繰り出す。あの痩せた体のどこにこんな力があるのかと思わせるほどの、激烈で容赦ない攻めが続いた。二つの剣が生き物のように吼えながら交差を繰り返した。ダワァンは防戦一方で、攻める糸口がつかめずにいる。それでも激しい攻撃をギリギリでかわし続けているのだから、腕前はたしかだった。

ジャムカは狂ったように剣を上下右左から繰り出し続けている。しかしその足捌きは実に軽やかで、中国の京劇を彷彿《ほうふつ》させた。

やがてダワァンの防御にもほつれが見えてきた。いつの間に切られたのか、迷彩服の袖から逞しい腕が覗き、頬からは血が流れている。最初はヤジ交じりの声援を送っていた両陣営の男たちも、今は固唾《かたず》を呑んで見つめていた。

「勝負は長引かねぇ。一瞬で決まる」

裕次郎は呟き、傍らのヒロシが頷いた。裕次郎の動物的勘が、そう呟かせていた。

さすがに疲れが出てきたのか、ジャムカの攻めのスピードが少し落ちたように見えた。ダワァンはそれを見逃さなかった。一気に攻勢に出る。フェンシングのように激しく何度も突きを食らわせる。だが、ジャムカのかわし方も見事だった。柳に風。そんな言葉が浮かぶほど、しなやかに体をくねらせ避けている。顔には余裕なのか、笑みさえ浮かべていた。しかし、その笑みが一瞬凍りついた。地面の轍に躓いて、体勢がかすかによろけたのだ。そこをダワァンは見逃さなかった。相手の刀を、渾身の力で叩き落とす。さすがに慌てたジャムカは腰をかがめて拾おうとした。その瞬間だ。この瞬間だけをダワァンは耐えて待っていたのだろう。ダワァンの右足がグィンと伸び、つま先が天を向いて高々と上がった。

「踵落としだぁ！」

裕次郎はヒロシの肩をつかみながら叫んだ。

ジャムカが素早く剣を拾い上げ切りつけてきたと同時に、真上からダワァンの踵が振り下ろされた。鈍い音がして、時が止まった。ジャムカの首がめり込んでいるように見えた。その頭の上には、ダワァンの踵が垂直に乗っている。やがてユラリと体が揺れて、ジャムカは剣を握ったままドッと前のめりに崩れ落ちた。足を下ろしたダワァンはそのまま地面に座り込み、激しく肩を上下させた。

静まり返っていた騎馬隊から、波のように歓声が上がりだした。

「やったなぁ、ダワァン」

裕次郎が駆け寄り肩を叩くと、ダワァンは悲しそうな笑みを浮かべた。勝ったのに泣きだしそうな顔をしている。ジャムカを運び出すため、男らが大地のリングに次々と飛び込んでくる。その中にボオルチュの姿もあった。ぐったりとして動かないジャムカに、激しく手を振り罵るような言葉を浴びせている。いつの間に出てきたのか、パナマ帽をかぶった鷲鼻のボスが最前列にいた。太い葉巻を地面に叩きつけ、小柄なボスは見上げるようにしてボオルチュに詰め寄っていった。ボオルチュはサングラスをはずして両手を広げ、憤《いきどお》るボスを必死になだめようとしているように見えた。

「さあ、俺の出番だな」

裕次郎は後ろに立つ中村を振り返った。その隣には武藤とアノンがいた。裕次郎はその場で軽く背伸びをした。白いTシャツにブルージーンズ姿。足元は白いナイキのシューズだ。そのまま何度か足踏みをした。傍らに立つヒロシは、大事そうに鞘に入った剣を抱えている。

「雪駄の方がしっくりくるんだが、まぁ履かねぇよりはいいだろう」

ニヤリと笑って、大地のリングを振り返る。その視線の先には、黒いスーツを脱いで紫色の派手なシャツを腕まくりさせたボオルチュがいた。下半身は黒いスラックスに黒の革靴姿。屈伸運動をしながら、こちらを刺すように睨み付けている。そのボオルチュの後ろの人垣の中から、スーツ姿の今岡が姿を現した。今岡は肩を怒らせたまま、ゆっくりと裕次郎らに近付いてきた。

「黒沢裕次郎。お前ほんまのアホやな。なんでこんなケンカに巻き込まれなアカン。勝手にやらせといたらええやろ」

「そうはいかん。義を見てせざるは勇なきなり、だからよ」

「なにが義やて。ビッグビジネスの前には、そんなもんどうでもええやろ」

裕次郎は人差し指を顔の前で振った。

「義は大事だぜ。それを失くしちゃ、俺が俺でなくなる」

「アカン、ほんま古くさい男や。もうええ、あの話はなしや。勝手にボコボコにされたらええねん。ワイの手間が省《はぶ》けるってもんや。いや、ボコボコで済んだら御の字かもしれんで。ワイは高みの見物させてもらうわ」

捨て台詞《ぜりふ》を吐いて踵《きびす》を返すと、今岡は足早に人込みの中に消えていった。

「大丈夫なの、裕ちゃん」

「うーん、わかんねぇ。でも、ここまで一勝一引き分けだろう。つまりは俺が負けてもタイってわけで、少しは気が楽ってもんだぜ。まぁ、その時はダワァンがなんとかしてくれるだろうよ。あいつ本当はかなり強ぇみてぇだからな」

横目でダワァンを見る。だが、先ほどまでの雄姿はどこへやら。ダワァンは呆けたような顔付きで、地面にぐったりと胡坐をかいていた。

「そうでもねぇか。ここは俺がなんとかせんといかんな」

軽くファイティング・ポーズをとった裕次郎に、スベエディが駆け寄ってきた。

「気を付けて、ください。ボオルチュは、キックの、達人です」

「キックの達人かぁ。まぁ、さっきみたいな剣でこられるよりはいいが。でも体つきから見て、モンゴル相撲の横綱クラスあたりかと思ってたぜ」

一九〇センチ近い身長に、筋骨隆々たる肉体。体重も一〇〇キロは超えているだろう。その割に軽やかな身のこなしをしているのを、裕次郎は丘の上から目撃していた。

「ボオルチュは、国軍の、特殊部隊出身で、しばらく、タイにいました」

「なるほどタイ式キック・ボクシング、正式にはムエタイってやつだな。本場仕込みか……だとしたら厄介だな。あんなヘビー級のキック・ボクサー、なかなかいねぇぜ。なぁ、ヒロシ」

「へい。あれは、K-1クラスっす」

「だよなぁ。ピーター・アーツかジェロム・レ・バンナ級だぜ。怖ぇぇぇぇ」

裕次郎が身震いすると、それまで口を真一文字に閉じていたアノンが近付いてきた。

「こうなったら止めません。だから、勝ってください。あなたはやはり蒼き獅子です。どうか、神聖なチンギスの大地を汚す者たちに天罰を」

「おっ、アノンちゃんに頼まれちゃった。俺はね、カワイイ娘に頼まれると能力以上の力を発揮できるんだよなぁ、へへっ」

裕次郎は真っ直ぐなアノンの瞳に笑いかけると、一歩二歩と前に進んだ。人込みの中からゾッザヤの甲高い声がした。試合を告げる合図だった。

「やるかぁ」

裕次郎は鼻息も荒く大地のリングに進み出た。白いTシャツにジーンズ姿。身の丈一七六センチで体重七二キロは、大リーグで活躍するイチローとまったく同じサイズだ。しかし向かい合った敵は一回り以上も大きい。しかもヘビー級のキック・ボクサーらしいときた。これには裕次郎も唸るしかない。根っからの格闘技好きで、その手のビデオや本を一通り見てはいるが、なにせ裕次郎自身にまともな格闘技経験は無い。元々裕次郎は将来を嘱望《しょくぼう》された水泳選手であった。それがある事件を切っ掛けにドロップアウトし、足を踏み入れたのが任俠の世界。だから喧嘩の経験だけは多々あるし、過去にたった一人でテロリスト集団と戦った度胸も兼ね備えている。強いて得意な格闘技といえば、ルール無用のストリート・ファイトということになるだろう。見た目は細身ながら鋼のような筋肉を身に付けているし、水泳選手を引退した今でもトレーニングだけは欠かさずに続けてはいる。

「裕ちゃん、しっかり」

中村がその背に声を掛けると、裕次郎は半身を捻り、キッパリと答えた。

「死は或《あ》るいは泰山《たいざん》より重く、或いは鴻毛《こうもう》より軽し」

「うわっ、司馬遷《しばせん》の言葉じゃないの」

「ど、どういう意味っすか」

ヒロシが目を見開いたまま問い詰める。

「あのね、死はある時は重んずべく、ある時は軽んずべく、その価値は義にかなっているかどうかによって決すべきである、って意味よ。げっ、ダメよ、死ぬなんて」

再びゾッザヤの声がした。それがゴングを告げる合図だった。ボオルチュは堰《せき》を切ったように激しく突進してきた。獣のような雄叫びを上げている。いきなりの右のストレート。裕次郎は咄嗟に体を右にかわしてパンチを避けた。左耳スレスレで空を切る。だがその威力は鼓膜に届いていた。

「すげぇ風圧だぜ。まともに食らったらヤバイな」

始まったばかりで、まだ減らず口を叩く余裕はある。すぐに振り返り、ボオルチュは鼻息も荒く攻めてきた。左のショート・キックからワン・ツー・パンチのコンビネーション。それを裕次郎は絶妙の間合いでかわした。さらに左右のジャブを繰り出す。しばらくはボオルチュが一方的に攻め続け、パンチやキックが少しずつ当たりだしてきたように見えた。

「まずい、攻められっぱなしじゃないの」

中村が絞り出すような声を発した。今度はヒロシが解説する番だ。ヒロシは拳を握り締めながら答える。

「まだ大丈夫っす。しっかりガードしてますから、そんなにダメージはないっす」

ヒロシもかつては暴走族の親衛隊長を務めていただけあって、喧嘩は見慣れている。

「相手は巨漢っすから、スタミナ切れを狙ってるんじゃないっすかねぇ」

「スタミナ切れ……なるほど」

　言われてみれば、たしかにボオルチュの動きが鈍くなってきたような気がする。それと同時に、裕次郎のパンチが当たりだした。右のフックに左のアッパー。効いているのだろう。時折ボオルチュが顔をしかめた。しかし油断は禁物だった。一瞬の隙を突いたのだろう。ボオルチュの右フックが裕次郎の腹部に入った。裕次郎の動きが止まる。確かな手応えを感じたのか、ボオルチュが一歩下がる。崩れ落ちる姿をその目で確かめようとしたのだろう。不敵な笑みが浮かんだ。だが裕次郎はファイティング・ポーズを取ったまま微動だにしなかった。それどころかボオルチュは自分の右手の異常に驚きだしていた。砲丸《ほうがん》のような拳がビリビリ痺れている。裕次郎の鋼のような腹筋のせいだった。一流の水泳選手の鍛え抜かれた腹筋は、格闘技選手のそれと同等以上である。

「大して効いてねぇぜ。さぁ、来い。さっさとケリをつけてぇんだろう」

　裕次郎の言葉は通じていないはずだが、ボオルチュは目を血走らせながら何事か喚いた。盗掘陣営サイドが、いきなり歓声を上げる。

「なんて言ったの」

　中村は傍らに腕組みして立つスベエディに聞いた。だがスベエディは前を見つめたまま答えない。代わりにアノンが口を開いた。

「俺を本気にさせたな。ブチ殺して、お前の血を大地に捧げてやる、と言いました」

「うわーっ、怖いよぉー。怖いのは訳さなくていいから」

ボオルチュは、再び戦う姿勢を取った。しかしファイティング・ポーズが微妙に違う。その変化に裕次郎は気付いていた。相手の重心が下がった気がしていたのだ。だとしたら……。格闘技好きの裕次郎の脳内で、記憶のページが激しく捲《めく》られた。あれだ、古式ムエタイだ。裕次郎は直感した。タイのムエタイが競技化する以前の、素手素足を主とする戦闘技法である古式ムエタイに違いなかった。重心の高い現代のムエタイと比べ、古式は重心が低くゆっくりとした動きが多くなる。その動きは穏やかそうに見えるが、実は一撃必殺の恐るべき格闘技なのだ。チュアーと呼ばれる長い紐《ひも》こそ拳に巻いてはいないが、ボオルチュはまさしく古式ムエタイの遣い手に間違いないと裕次郎は確信した。

リズミカルな動きで間合いを計りながら、小刻みに足を前に蹴り出してくる。裕次郎は前傾姿勢のまま、左右にそれをかわし続けた。その攻撃が五度ほど繰り返された後だ。相手の姿が沈んだと思った途端に、裕次郎の体は跳ね上げられていた。一瞬何が起きたのかわからなかったが、固い台地に右側面から落ちた瞬間、反射的に裕次郎は体を転がして次の攻撃から逃れた。ボオルチュはゆらゆらと体を揺らしながら、冷たい笑みを浮かべている。盗掘陣営からは、ボオルチュの名を連呼する声援の嵐。

寺を掃く地蔵さん……。裕次郎の脳裏に、その技の名前が浮かんだ。古式ムエタイの伝統的な技の一つで、相手の軸足を払うキックだ。瞬時の足払いで、技のユニークな名称とは裏腹に、相手に強烈なダメージを与える。

「くそっ、油断したぜ」

慌てて立ち上がる。右手が痺れていた。右足の脛《すね》には鈍い痛み。ボオルチュは裕次郎に休息を与えるつもりはなかった。鋭い前蹴りを繰り出し、体勢を崩したところで強烈な後ろ回し蹴りを食らわせた。裕次郎の体は三メートルほど吹っ飛び、剝き出しの地面を派手に転がった。土煙が上がり、その向こうで再びの歓声。ボオルチュは右手を高々と上げた。もはや勝利を確信している顔だった。

「裕ちゃん」

「社長」

「黒沢さん」

悲鳴にも似た声が歓声にかぶさる。唇を嚙み締めていたスベエディも声を上げた。

「ユージロー、ユージロー」

息を殺して見守っていた騎馬隊の連中も、その声に呼応し連呼しだした。連呼は小波のように伝わっていく。それがいつしか鳴り止まぬ声援となった。その声は大の字に倒れた裕次郎の耳にしっかりと届いていた。

「ユージロー、ユージロー」

「ユージロー、ユージロー、ユージロー」

沸き起こった裕次郎コールが、ダメージの残る体に力を与えだした。元々性格は単純そのもの。応援されれば応えるのみ。立ち上がるしかない。それが裕次郎の本能だった。

「ううっ……」

ふと、自分でもややこしい生き方をしているなと思えて、裕次郎は自嘲気味に笑った。それも当然だ。ヤクザのくせに、曲がったことが大嫌いなのだから。

裕次郎はバネ仕掛けの人形のように、むっくりと上半身を起こした。右の頬と右腕から血が流れている。大地で激しく擦ったのだ。白いTシャツは所々破れ、土と血で彩《いろど》られていた。裕次郎は頭を左右に振り、大地に手をつくとふらつきながらも立ち上がった。二度、膝の屈伸運動をして、すっくと仁王立ちになる。

「たしか……ワニの尻尾蹴りとかいう技だよな。昔、テロリストに食らったことがあるから用心してたんだけどよ。へへっ」

その姿をボオルチュは驚いた顔で見つめた。自分の得意技は確実にヒットしたはずだ。かつてこの技をまともに食らって立ち上がった者など、一人としていなかった。なのにこいつは立ち上がってきた。こいつは化け物かと、一瞬心の中に動揺が走った。

ふらふらと裕次郎は二、三歩進み出た。Tシャツの裂け目から、血が滴《したた》り落ちている。

「ええーい」

裕次郎はTシャツの裂け目をつかむと、勢いよく破り捨てた。上半身が露わになる。均整の取れた逆三角形の肉体。幾筋もの鋼のような筋肉。その筋を伝って流れる汗と血。背中には色鮮やかな唐獅子牡丹の刺青。真っ赤な牡丹の花に囲まれ、開いた獅子の口からは赤い舌が覗いている。

後方を囲む騎馬隊軍団から驚きの声が上がった。手を合わせて拝みだした者までいる。彼らにとっては、これこそが伝説の蒼き獅子の証なのだった。

裕次郎はどよめく周囲も気にせず、両の拳を握り締めて高らかに叫んだ。

「義を見てせざるは勇なきなり！」

ボオルチュを上目遣いで一瞥し、再びファイティング・ポーズを取る。裕次郎の裸の上半身からは湯気が立っていた。湯気はゆらゆらと不動明王《ふどうみようおう》の炎のように揺れた。

ボオルチュはすっかり頭に血が上っている。古式ムエタイの基本を忘れたかのように、重心は高く闇雲に蹴りを繰り出してきた。それをいなしながら、裕次郎は蹴り返す。ボオルチュは肩で息をしだした。とっくにスタミナは切れていたのだ。幾度かの攻防を繰り返した後、裕次郎は手のひらでボオルチュを誘った。

「カモーン」

ボオルチュは冷静さを失っていた。挑発に耐えられず、真っ赤な鬼の形相で上から殴りかかってくる。その瞬間を裕次郎は見逃さなかった。一瞬膝を落とす。次の瞬間には全身をバネにしたかのように跳び上がり、カウンターで相手の顎に頭突きを食らわせていた。

鈍い音がして、頭頂部に痛みが走った。

「痛ぇー」

ククラと眩暈《めまい》がしてきて、裕次郎は頭を抱えたままその場にペタリと座り込んだ。時が止まったかのように立ち尽くすボオルチュは、裕次郎の体に大きな影を作っている。上空を旋回する一羽の大鷲。静まり返る両陣営。足元を撫でていく風。やがてスローモーションのように、ゆっくりとボオルチュは崩れ落ち、裕次郎は陽射しを浴びた。

「やったぁー」

中村とヒロシが先を争うようにして駆け寄る。武藤とアノンがそれに続く。その後ろに満面の笑みを浮かべたスベエディ。地鳴りのような歓声とどよめき。驚いたように去っていく空の大鷲。その中で裕次郎は頭を抱えながらも、意外なほど冷静に周囲を見つめていた。白いジャケットの小太りなボスが、喚き散らしながら人込みをかき分け、盗掘現場に向かって走りだした。それに従う二人のロシア人。少し遅れて今岡の姿。二人の黒尽くめの男たちも続く。気付いた手下どもが慌ててその後を追う。倒れたボオルチュをそのままにして。

「まずい、まずいぞ」

裕次郎は傍に来たスベエディの腕をつかんだ。

「みんな下がれ。あいつら撃ってくるかもしれねぇぞ。頭に血が上ってるからな。早く騎馬隊を下げさせろ」

スベエディも相手陣営の不穏な動きに気付き、駆け寄る兵士らに伝令をさせた。すぐに馬の嘶きと地響きが続いた。

「おい、俺らも下がるぞ。あいつら約束を破るつもりと見た」

ヒロシに肩を借りながら裕次郎は立ち上がった。

「仲間を見捨てるか……ひでぇ、奴らだな」

裕次郎が命じる前に、ダワァンと中村がボオルチュの元へ駆け寄った。中村に手伝ってもらいながら、ダワァンがボオルチュの体を肩に抱え上げる。そのまま一団となって、足早にその場から離れだした。

一〇〇メートルも下がらぬうちに、乾いた音が立て続けに聞こえてきた。先ほどまで戦いのリングと化していた辺りに土煙がいくつも立った。その中を激しく疾走する一台の真っ黒なオートバイ。ゾッザヤだ。ゾッザヤは片手にトランシーバーのような物を持ち、器用に弾丸をかいくぐっている。

「危ねぇなぁ。くそっ、やはり、撃ってきやがったぜ。あの戦いは無駄だったのかよ」

憎々しげに吐き捨てた裕次郎の元に、一頭の葦毛の馬が駆け寄ってきた。スベエディだった。

「こうなったら、総攻撃しか、ありません」

「いや、待て。それをやったらたくさんの死傷者が出ちまう。無駄死にするだけだ」

「いえ、無駄死にでは、ありません。偉大なる、チンギスに、命を、捧げるのです」

「バカヤロー」

裕次郎は一喝した。馬上のスベエディが怯んだ。

「そんなことでチンギスが喜ぶとでも思ってんのか。チンギスってのは偉大な人物だったんだろう。自ら造り上げたモンゴル帝国が永遠に繁栄することを望んでたはずだぜ。それは城とか建物とかのことじゃねぇ。命のことだ。繁栄とはその命が連綿と続くことだぜ。いいか、死ぬことより生きることを考えろ。生きてさえいりゃぁ、必ずチャンスはやってくる。おめぇも日本語を学んだのなら聞いたことあるだろう。死んで花実が咲くものか、って言葉をよ」

「し、しかし……」

「しかしもカカシもねぇ」

　再び軽機関銃の乾いた音がして、弾はかなり近距離で土煙のカーテンを作った。たちまち馬の群れが激しく嘶く。その瞬間、裕次郎とヒロシの体は小刻みに揺れだした。スベエディの馬が急に立ち上がる。

「待て、早まるな」

　裕次郎は馬の横をかすめるようにして一人で飛び出した。指示が出される前に勝手に総攻撃が始まってしまったのかと思ったのだ。三百頭もの馬が一斉に走りだせば、当然地鳴りや地揺れもする。しかし飛び出した裕次郎の体は真っ直ぐに進まない。騎馬隊もまだ突撃してはいない。それどころか騒ぐ馬たちを鎮めるのに騎馬隊は必死の様子だった。

「どういうこった……地面が揺れている……地震かぁ」

　裕次郎は振り返った。スベエディが馬から振り落とされそうになっている。

「地震よぉー、大きいわー」

　地震嫌いの中村が地面にひれ伏している。その横を武藤がヒロシにつかまりながら、まるでコンニャクの上でも歩いているかのように近付いてくる。

「め、珍しいことです。モンゴルは地震の無い国と言われているんです。実際は一年に一度あるかないかで、うわっ、こんなに大きいのは初めてです。うわわっ」

武藤はたまらず座り込んだ。

「や、奴らはどうなった」

裕次郎が視線を上げると、懸命に馬を鎮めたスベエディが盗掘現場を指差している。

「見て、ください。あれを」

「うわーっ」

裕次郎は言葉にならぬ声を発した。盗掘現場に大きな地割れができていて、軍用トラックが次々と裂け目に呑み込まれていく。慌てふためき右往左往する男たちの上に、崩れ落ちる木製の櫓。悲鳴が聞こえるようだ。丘の頂上が陥没《かんぼつ》している。おそらく盗掘用の坑道も崩れ落ちたに違いなかった。

「チンギスの……怒り、です。チンギスが、怒って、います」

スベエディがたどたどしく呟いた。

「かもしれねぇな……かといって、見殺しにはできねぇ。おい、ヒロシ、あいつらを助けるぞ」

「へい」

まだ揺れ続ける大地を、二人は走りだした。しかし真っ直ぐには進めず、まるで目が回った状態で走っているような感じである。いきなりその行く手を遮るように、真っ黒なオートバイが飛び出してきた。

「ゾッザヤ」

さすがに冗談をかます余裕はない。ゾッザヤは何も言わず、ただ西の方角を指し示した。

「なに、あ、あれは……ヘリコプターか」

見上げれば西の山並みからこちらに向かって、V字型に隊列を作ったヘリコプターが飛んできている。全部で七機だ。先頭のヘリは鮮やかなブルー。左右に等間隔で飛ぶヘリは銀色に輝いていた。

「救助のヘリか。だとしたらずいぶん用意がいいな。まるで地震を予知していたかのようだぜ」

「そうっすね」

「ゾッザヤ。あれ、いねぇや」

「あそこっす」

ヘリに見惚れているうちにゾッザヤはオートバイを走らせていた。揺れる大地を猛スピードで疾走していく。

「いまいちよくわかんねぇ女だな」

「そうっすね。まるで峰不二子《みねふじこ》みたいっす」

「おっ、たしかに、謎の美女だ」

轟音が頭上に差し掛かった。いつの間にか武藤とアノンが追いついてきていた。

「助けが来ましたよ。あれはモンゴル国軍のヘリコプターです」

アノンが裕次郎の腕をつかみ、うれしそうに頭上を見上げている。たしかに七機のヘリはボディーにモンゴルの国旗をペイントしていた。そのうちの六機がそのまま盗掘現場の上空に向かった。残ったブルーの一機だけが、裕次郎らの上空でホバリングしている。やや高度を下げ、着陸場所を探しているように見えた。さらに高度を下げたヘリの窓から、一人の男が窮屈そうに身を乗り出した。体格の良い大柄な男だ。男は裕次郎らを見下ろしながら右手を振った。

「あれは……まさか」

アノンは驚いたような顔で武藤を探した。武藤も同じような表情でアノンに頷いた。二人は同時に叫んだ。

「バヤンドルジ大統領!」

「えーっ、大統領だってぇー」

何が何やらわからぬまま、裕次郎は着陸態勢に入ったヘリを呆然と見つめていた。

エピローグ

ビジネスクラスの座席は、やはり座り心地が良い。本来はエコノミーの座席のはずだったが、大統領の計《はか》らいでビジネスクラスに変更されたのだ。成田便ではこれが最上級の座席である。ゆったりとした革張りのリクライニング・シートに身を沈めながら、裕次郎は窓の外を虚ろに眺めていた。

「モンゴル、楽しかったっすね」

隣のヒロシがはしゃぐと、前の座席から顔をひょっこりと覗かせながら中村が答えた。

「なに言ってんのよ。本当にあんたたちと一緒だと、命がいくつあっても足りないわよ」

そう言いながらも、どこかしら浮かれた様子は隠せない。裕次郎は旅の終盤に起きた予想外の出来事を思い出していた。

一昨日、アウラガ遺跡での地震の後、裕次郎らとアノンは大統領専用ヘリでウランバートルに戻った。旅の荷物を積んでいたこともあって、武藤とダヮァンは車でそれを追った。その夜、大統領府では裕次郎らを囲んでのささやかな労《ねぎら》いの宴《うたげ》が行われた。その席で裕次郎らは、さまざまな事の真相を聞かされた。もちろんすべてではない。国家機密に関連する事柄には、聞いてはいけない事も多々あった。とりあえず、その席でわかったことといえば……。

まず第一に、モンゴル政府は盗掘者にずっと手を焼いていたということ。現場の小太りなボスは政府から見ればまだ小物で、その後ろにもっともっと大物のマフィアが潜んでいたのだ。このマフィアの親玉はロシアの政界に強いパイプを持ち、対応しだいで国際問題になりかねない危険をはらんでいたという。さらに表立ってはいないが、モンゴル国内での汚職事件にも深く関わっていて、大統領は頭を痛めていたのだ。その一方でチンギス軍団の末裔たちの不穏な動きも、大統領はつかんでいたという。そこへ飛んで火に入る夏の虫のごとく、裕次郎らが加担した。いわば第三者である日本人の介入である。そこで機を見て仲裁に登場しようとしたという筋書きのようだったが、もしかしたら喧嘩両成敗で両者を捕らえようとしていたのかもしれなかった。

つまりはある程度大統領が望んだ通りに事が運び、裕次郎らはその登場人物だったということになる。体よく利用されたのだ。ただし地震だけは大統領にとっても予想外の出来事だった。しかも驚いたことにあの大地震が局地的なもので、被害が出たのはアウラガ地域周辺だけだという。ウランバートルを始めとした各地の震度計は無感だったというのだから、あれはまさしくチンギス・ハーンの怒りがもたらした地震だったのかもしれなかった。

ゾッザヤの正体はといえば、どうも大統領直属の諜報部員のような仕事をしているようだった。これは日本人相手だからと明かしてくれたことで、そのことはトップシークレットなのだという。偉大なるシャーマンの末裔で現役の歌手であるということも事実で、知れば知るほど裕次郎は首を傾げざるを得なかった。まさに謎の女。一言で言えば、女スパイということになる。裕次郎の矢継ぎ早な質問に大統領は苦笑いを浮かべるばかりだったが、通訳をしたアノンによると、言外にそれとなく認めていたという。

そしてなにより驚いたのは、裕次郎を蒼き獅子の候補者として数年前からリストアップしていたということだ。そもそもチンギスの遺言の数々は政府の諜報機関の管轄で、その一つ一つが極秘の調査対象になっているという。そして調査員は世界各地に派遣されているということだから、その日本の調査員が有力情報として報告したに違いなかった、なぜなら、かつて水泳の全国クラブ選手権優勝で騒がれ、その後に巻き込まれた事件のことを、大統領は事細かに覚えていたからだ。となるとモンゴル到着の日から、いやそれ以前からずっとマークされていたことになる。裕次郎は笑みを絶やさぬ大統領に薄ら寒さを覚えた。

何はともあれ豪華な食事と酒でもてなされ、一行はくつろいだ夜を過ごした。中でも一番はしゃいでいたのは武藤だ。何をしたわけでもないのに功績を認められ、大統領から政府公認の優良旅行会社としての御墨付きをもらったのだ。これで商売は安泰と、誰彼構わず乾杯を繰り返していた。楽しい酒の勢いで洩らしたのだが、どうやら武藤は日本に別れた妻子がいて、養育費を払い続けているのだという。今度こそ異国で一旗揚げられると顔をクシャクシャにしていた。

アノンにも御褒美があった。通訳の技量が認められたのだ。さらに研鑽《けんさん》を積めと、国費留学生として日本の大学へ留学させてもらえることとなった。大統領直々の推薦である。夢のようだと感激し、アノンは裕次郎らとの日本での再会を約束した。

そしてダワァンだ。ダワァンは大統領専属の護衛官にならないかと勧誘された。親に相談したいと返事は保留したが、決して悪い話ではなさそうだった。ちなみにチンギスの末裔を名乗らなかったのは、社会主義時代の名残のせいだという。どんな目に遭わされるかわからないので、決して話さぬようにと祖父から固く言い聞かされて育ったのだ。許婚だったゾッザヤは、それをどこかで耳にしていたのだろう。

そして今、裕次郎ら三人は機上の人となり、とりあえず話は大団円に向かっている。だが……。

「気にいらねぇな……」

裕次郎は首を傾げながら呟いた。

「なにがぁー」

中村が振り返ったまま首を伸ばした。

帰国前日の昨日は、ウランバートル市内で買い物を楽しんだ。ダワァンの運転で、武藤とアノンも一緒だった。国民デパートやザハと呼ばれる市場などを巡り、土産品をあれこれ楽しく物色した。大騒動を乗り越えた仲間としての連帯感も生まれ、このまま別れるのは名残《なごり》惜しい気分にさえなっていた。そんな最中でも、裕次郎の緊張感だけは緩まなかった。常に誰かの視線を感じていたからだ。どこにいても、何をしていても、常に監視の目が光っているような気がしていた。裕次郎独特の動物的勘というやつである。

今日も空港までダワァンの車で送られてきたのだが、ずっと尾行されている気配がしていて落ち着かなかった。そして空港に着くと、大統領秘書官ら数人の政府関係者が待ち受けていて、裕次郎らをそそくさと特別室に案内した。おかげで武藤らとゆっくり別れの時間を過ごすこともできなかった。このＶＩＰ待遇を中村とヒロシは単純に喜んでいたが、裕次郎は何とも言えぬ胡散くささを感じていたのだ。そして気付いた。これは口封じではないのかと。つまりはモンゴル国内で見たこと起きたことを、口外せぬようにさせているのではないかと思ったのだ。どう見ても他の日本人観光客と接しないようにさせているとしか考えられない。

裕次郎は気になることを思い出した。車中での武藤の話だ。一昨日の大地震のことも、あのアウラガでの事件のことも、一切新聞に掲載されていないというのだ。もちろんテレビやラジオのニュースでも報道されていない。もしかしたら政府の圧力がかかったのではないかという話だった。

有り得る話だった。おそらく政府にとって、何かしら都合の悪いことがあるのだろう。だとしたら彼らは自分たちを歓迎しているのではない。むしろ波風を立てずに早く帰ってほしいはずだ。空港に見送りに来た大統領秘書官に盗掘者たちのことを問うと、彼は数人の死傷者が出たというだけで口を閉ざした。そしてその中に日本人はいなかったという。となると悪運の強い今岡とその子分らは、どうにかして現場から逃れたのだろう。騎馬隊の連中に関しては、現場で解散させお咎めは無しということで安心はしたのだが。だとしたら武藤らに対する破格な扱いも納得がいく。要は政府の内側に取り込んで、緘口令《かんこうれい》をしく考えなのだろう。武藤の話によれば、モンゴルは総選挙が近いという。決して少なくない人数の末裔たちは有権者でもある。

裕次郎は呟いた。大事なキーワードをすっかり忘れていたことに気付いたのだ。事件の背景にレアメタルの存在は関わっていないのだろうか。

「あっ、レアメタル」

「裕ちゃん、これ以上首を突っ込んだらダメよ」

中村がしかめっ面で睨んでいる。

「ああ、わかってるよ」

「何か納得していないような顔付きしてるけど、いい、長い物には抱かれろって言うでしょ」

「はぁ……バカ、それを言うなら巻かれろだ」

「そうだっけ」

中村はヒロシに向かってウインクした。わざとボケたのだ。

「中村さん、ナイスっす」

「どうでもいいからシートベルトに巻かれてろ。ほら、動きだしたぞ」

ようやく裕次郎の顔に笑みが戻り、モンゴル航空成田便は定刻通りにチンギスハン国際空港を飛び立った。

その頃、ウランバートル郊外の草原に一台の真っ黒なオートバイが止まっていた。跨っているのは、黒革のライダーズ・ジャケットで豊満な身を包んだゾッザヤだった。草原を渡る柔らかな風に、長い黒髪をなびかせている。その頭上に空港を飛び立ったばかりの飛行機が差し掛かった。灰色の胴体が真上に見える。ゾッザヤは細く白い喉を露わにさせながら見上げると、機体に向かって投げキッスを送った。そして、たどたどしいながらも日本語でこう呟いた。

「アリガトウ、ユウジロー。レアメタルハ、アナタカラノ、プレゼントネ。マタ、アイマショウ」

参考文献

『成吉思汗の秘密』高木彬光著　角川文庫
『義経北行上・下』金野静一著　ツーワンライフ出版
『堺屋太一が解くチンギス・ハンの世界』堺屋太一著　講談社
『草の海モンゴル奥地への旅』椎名誠著　集英社文庫
『モンゴルが世界史を覆す』杉山正明著　日経ビジネス人文庫

その他にも多数の資料や義経ファン&モンゴルファンのホームページなどを参考にしましたが、本書はあくまでもフィクションであります。情景に関しても作者が取材した二〇〇六年当時に基づいていていますが、基本的に創作であることをご理解いただきたいと思います。

この作品はフィクションであり、登場する人物および
団体はすべて実在するものといっさい関係ありません。

翔けろ、唐獅子牡丹

一〇〇字書評

切り取り線

購買動機（新聞、雑誌名を記入するか、あるいは○をつけてください）

□（　　　　　　　　　　　　　　　　）の広告を見て
□（　　　　　　　　　　　　　　　　）の書評を見て
□ 知人のすすめで　　　　□ タイトルに惹かれて
□ カバーが良かったから　　□ 内容が面白そうだから
□ 好きな作家だから　　　　□ 好きな分野の本だから

・最近、最も感銘を受けた作品名をお書き下さい

・あなたのお好きな作家名をお書き下さい

・その他、ご要望がありましたらお書き下さい

住所	〒				
氏名		職業		年齢	
Eメール	※携帯には配信できません		新刊情報等のメール配信を 希望する・しない		

この本の感想を、編集部までお寄せいただけたらありがたく存じます。今後の企画の参考にさせていただきます。Eメールでも結構です。

いただいた「一〇〇字書評」は、新聞・雑誌等に紹介させていただくことがあります。その場合はお礼として特製図書カードを差し上げます。

前ページの原稿用紙に書評をお書きの上、切り取り、左記までお送り下さい。宛先の住所は不要です。

なお、ご記入いただいたお名前、ご住所等は、書評紹介の事前了解、謝礼のお届けのためだけに利用し、そのほかの目的のために利用することはありません。

〒一〇一―八七〇一
祥伝社文庫編集長　坂口芳和
電話　〇三（三二六五）二〇八〇

祥伝社ホームページの「ブックレビュー」からも、書き込めます。
http://www.shodensha.co.jp/bookreview/

祥伝社文庫

翔《か》けろ、唐獅子牡丹《からじしぼたん》

平成23年12月20日　初版第1刷発行

著　者　菊池幸見《きくちゆきみ》
発行者　竹内和芳
発行所　祥伝社《しょうでんしゃ》
東京都千代田区神田神保町3-3
〒101-8701
電話　03（3265）2081（販売部）
電話　03（3265）2080（編集部）
電話　03（3265）3622（業務部）
http://www.shodensha.co.jp/

印刷所　堀内印刷
製本所　関川製本

Printed in Japan ©2011, Yukimi Kikuchi ISBN978-4-396-33724-7 C0193

祥伝社文庫の好評既刊

沖田正午

覚悟しやがれ 仕込み正宗②

踏孔師・藤十、南町同心・碇谷、元幇《かん》間《たい》師・佐七、子犬のみはり――。魅力的な登場人物が光る熱血捕物帖!

岳 真也

捕物犬金剛丸 深川門仲ものがたり

深川を舞台に、名犬が活躍する異色の捕物帖! すべての犬(猫も)好きの歴男歴女に捧ぐ!

風野真知雄

勝小吉事件帖

勝海舟の父、最強にして最低の親ばか小吉が座敷牢から難事件をバッタバッタと解決する。

鯨 統一郎

金閣寺に密室《ひそかむろ》

足利義満が金閣寺最上層で首吊り自殺。謎解きを依頼された小坊主一休が辿り着いた仰天の真相とは!?

鯨 統一郎

謎解き道中

一休は同じ寺に寄宿する茜の両親を捜すため侍の新右衛門と三人で旅に出た。道中で待ち受ける数々の難題。

鯨 統一郎

なみだ研究所へようこそ! サイコセラピスト探偵 波田煌子《なみだきらこ》

貧相な知識にトボけた会話で、患者の心の病を治してしまう波田煌子。彼女は伝説のセラピスト!?

祥伝社文庫の好評既刊

鯨 統一郎　なみだ特捜班におまかせ！
サイコセラピスト探偵　波田煌子《なみだきらこ》

ホントに犯罪心理分析官!?　ふしぎ思考回路の突飛とも思える推理で猟奇殺人事件を片っ端からなで切り！

鯨 統一郎　なみだ学習塾をよろしく！
サイコセラピスト探偵　波田煌子《なみだきらこ》

波田煌子が学習塾の事務員としてやってきた！　だがその塾、厄介な生徒が揃っていて…。

坂岡 真　のうらく侍

やる気のない与力が〝正義〟に目覚めた！　無気力無能の「のうらく者」が剣客として再び立ち上がる。

小路幸也　うたうひと

仲たがいしてしまったデュオ、母親に勘当されているドラマー、盲目のピアニスト……。温かい歌《ストーリー》が聴こえる傑作小説集。

仙川 環　ししゃも

故郷の町おこしに奔走する恭子。さびれた町の救世主は何と!?　意表を衝く失踪ミステリー。

平 安寿子　こっちへお入り

三十三歳、ちょっと荒んだ独身ＯＬの江利は素人落語にハマってしまった。遅れてやってきた青春の落語成長物語。